AMOR

ISABEL ALLENDE

Isabel Allende nació en Perú donde su padre era diplomático chileno. Vivió en Chile entre 1945 y 1975, con largas temporadas de residencia en otros lugares, en Venezuela hasta 1988 y, a partir de entonces, en California. Inició su carrera literaria en el periodismo en Chile y en Venezuela. Su primera novela, *La casa de los espíritus,* se convirtió en uno de los títulos míticos de la literatura latinoamericana. A ella le siguieron otros muchos, todos los cuales han sido éxitos internacionales. Su obra ha sido traducida a treinta y cinco idiomas. En 2010, fue galardonada con el Premio Nacional de Literatura de Chile, y en 2012, con el Premio Hans Christian Andersen por su trilogía El Águila y el Jaguar.

AMOR

AMOR

ISABEL ALLENDE

Vintage Español
Una división de Random House LLC
Nueva York

PRIMERA EDICIÓN VINTAGE ESPAÑOL EN TAPA BLANDA,
NOVIEMBRE 2013

Copyright © 2012 por Isabel Allende

Todos los derechos reservados. Publicado en coedición con
Random House Mondadori, S. A., Barcelona, en los Estados
Unidos de América por Vintage Español, una división
de Random House LLC, Nueva York, y en Canadá por
Random House of Canada Limited, Toronto, compañías
Penguin Random House. Originalmente publicado en España
por Random House Mondadori, S. A., Barcelona, en 2012.
Copyright de la presente edición para todo el mundo
© 2012 por Random House Mondadori, S. A.

Vintage es una marca registrada y Vintage Español y su colofón
son marcas de Random House LLC.

Información de catalogación de publicaciones disponible en la
Biblioteca del Congreso de los Estados Unidos.

Vintage ISBN: 978-0-345-80601-7

Ilustraciones del interior © Ana Juan

Para venta exclusiva en EE.UU., Canadá, Puerto Rico y Filipinas.

www.vintageespanol.com

Impreso en los Estados Unidos de América

10   9   8   7   6   5   4   3   2   1

AMOR

Introducción

Todos los pecados capitales

Mi vida sexual comenzó temprano, más o menos a los cinco años, en el kindergarten de las monjas ursulinas, en Santiago de Chile. Supongo que hasta ese momento había permanecido en el limbo de la inocencia, pero no tengo recuerdos de aquella prístina edad relacionados con mi curiosidad sexual. Mi primera experiencia consistió en tragarme casualmente una pequeña muñeca de baquelita, de esas que ponían en las tortas de cumpleaños. «Te va a crecer adentro de la panza, te vas a poner redonda y después te nacerá un bebé», me explicó mi mejor amiga, que acababa de tener un hermanito. ¡Un hijo! Era lo último que yo deseaba. Siguieron días terribles, me dio fiebre, perdí el apetito y vomitaba escondida en el baño. Mi amiga confirmó que los síntomas eran iguales a los de su mamá antes de dar a luz. Por fin una monja me obligó a confesar la verdad y admití hipando que estaba encinta. Me vi cogida

7

de un brazo y llevada en volandas hasta la oficina de la madre superiora, que llamó a mi casa para avisar que me habían suspendido por indecente. De esta manera trágica nació mi horror por las muñecas y mi interés por ese asunto misterioso cuyo nombre no debía pronunciarse: sexo.

Las niñas de mi generación carecíamos de instinto sexual, eso lo inventaron Master y Johnson mucho después. Sólo los varones padecían de ese mal, que podía conducirlos al infierno y hacer de ellos unos faunos en potencia durante todas sus vidas. Cuando las niñas preguntábamos algo escabroso, recibíamos dos tipos de respuesta, según la madre que nos tocara en suerte. La explicación tradicional era la cigüeña, que traía los bebés de París, y la moderna era sobre flores y abejas. Mi madre era moderna, pero la relación entre el polen y la muñeca en mi barriga me resultaba poco clara.

A los siete años las monjas me prepararon para la primera comunión. Antes de recibir la hostia consagrada había que confesarse. Me llevaron a la iglesia, me arrodillé temblando en un confesionario sepulcral, separada del sacerdote por una polvorienta cortina de felpa negra, y traté de recordar mi lista de pecados. Para no cometer la herejía de comulgar con alguna falta olvidada, había puesto en mi lista todo lo que figuraba en el decálogo de pecados posibles, desde robar y matar, hasta codiciar los bienes ajenos, pero estaba tan asustada que no pude sacar la voz. El cura esperó un tiempo prudente y luego tomó la iniciativa. En medio de la oscuridad y el olor a incienso escuché una voz con acento de Galicia.

—¿Te has tocado el cuerpo con las manos? —me preguntó.

—Sí, padre —farfullé.

—¿A menudo, hija?

—Todos los días...

—¡Todos los días! ¡Ésa es una ofensa gravísima a los ojos de Dios, la pureza es la mayor virtud de una niña, debes prometerme que no lo harás más!

Prometí, aunque no podía imaginar cómo iba a lavarme la cara o cepillarme los dientes sin tocarme el cuerpo con las manos. (Treinta y tantos años más tarde, este traumático episodio me sirvió para una escena de *Eva Luna*. Nada se pierde, todo se puede reciclar en la literatura.)

LAS LLAVES DE LA LUJURIA

Nací en el sur del mundo durante la Segunda Guerra Mundial, en el seno de una familia emancipada e intelectual en algunos aspectos, muy pocos, y paleolítica en todos los demás. Me crié en el hogar de mis abuelos, un caserón estrafalario donde deambulaban los fantasmas invocados por mi abuela con su mesa de patas de león, un pesado mueble español que, después de dar varias vueltas por el mundo, terminó en mi poder en California. Vivían allí dos tíos solteros, bastante excéntricos, como casi todos los miembros de mi familia. Uno de ellos había pasado varios años en la India y volvió convertido en faquir, se alimentaba de zanahorias y andaba cubierto apenas por un taparrabo, recitando los múltiples nombres de Dios en sánscrito. El otro era un personaje apasionado de la lectura, huraño y generoso, parecido en aspecto a Carlos Gardel, el ruiseñor del tango. (Ambos sirvieron de modelos —algo exagerados, lo admito— para Jaime y Nicolás Trueba en *La casa de los espíritus*.) Gracias al tío amante de la lectura, la casa estaba llena de libros que se amontonaban por todas partes, crecían como una flora indomable y se reproducían en el secreto de la noche. Nadie censuraba o guiaba mis lecturas; así, leí al Marqués de Sade a los nueve años, pero sus textos eran demasiados avanzados para mi edad, ya que el autor daba por sabidas cosas que yo ignoraba por completo, me faltaban referencias elementales. El único hombre que había visto desnudo era mi tío, el faquir, sentado en el patio en la posición del loto contemplando la luna, y me sentí defraudada por ese pequeño apéndice que descansaba entre sus piernas y cabía holgadamente en mi estuche de lápices de colores. ¿Tanto alboroto por eso?

A los once años yo vivía en Bolivia, porque mi madre se había casado con un diplomático, hombre de ideas avanzadas, que me puso en un colegio mixto. Tardé varios meses en acostumbrarme a convivir con varones, andaba eternamente con las orejas rojas y el corazón a saltos, me enamoraba cada día de un chico diferente. Mis compañeros eran unos salvajes cuyas actividades se limitaban al fútbol y las peleas en el recreo, mientras que las niñas estábamos en la etapa de medirnos el busto y anotar en una libreta los besos que recibíamos, especificando los detalles: con quién, dónde, cómo. Algunas afortunadas podían escribir: Felipe, en el baño, con lengua. Mi libreta estaba en blanco. Fingía que esas tonterías no me interesaban, me vestía de hombre y trepaba a los árboles para disimular que era casi enana y tenía el *sex-appeal* de un pollo desplumado.

En la clase de biología nos enseñaban algo de anatomía, pero conocíamos mejor el sistema reproductivo de la mosca que el nuestro. Eran tantos los eufemismos para describir el proceso de gestación de un crío, que era imposible visualizarlo; lo más atrevido que nos mostraron fue la estilizada ilustración de una madre amamantando a un recién nacido. Del resto nada sabíamos y nunca nos mencionaron el placer, así es que el meollo del asunto se nos escapaba. ¿Por qué los adultos hacían esa cochinada? La erección era un secreto bien guardado por los muchachos, como la menstruación lo era por las niñas. Yo era buena lectora y a veces encontraba alguna referencia oblicua en los libros, pero en esa época ya no contaba con la vasta biblioteca de mi tío y no había literatura erótica en las casas decentes.

En esa escuela mixta de Bolivia las relaciones con los muchachos consistían en empujones, manotazos y recados de las amigas: dice el Keenan que quiere darte un beso; dile que sí pero con los ojos cerrados; dice que ahora ya no tiene ganas; dile que es un estúpido; dice que más estúpida eres tú; y así nos pasábamos todo el año escolar. La máxima intimidad consistía en masticar por turnos el mismo chicle. Una vez pude luchar cuerpo a cuerpo con el famoso Keenan, un pelirrojo de grandes orejas a quien todas las niñas amábamos en secreto, porque su papá era rico y tenían piscina. Me hizo sangrar por la nariz, pero ese chiquillo pecoso y jadeante aplastándome contra las piedras del patio es uno de los recuerdos más excitantes de mi vida. En otra ocasión, en una fiesta, Keenan me invitó a bailar. A La Paz no había llegado el impacto del rock, que empezaba a sacudir al mundo, y todavía nos arrullaban Nat King Cole y Bing Crosby. (¡Oh, Dios! ¡Era la prehistoria!) Se bailaba abrazados, a veces con las mejillas pegadas, pero yo era tan diminuta que la mía apenas alcanzaba la hebilla del cinturón de cualquier joven normal. Por suerte, Keenan era bajo para su edad. Me apretó un poco y sentí algo duro a la altura del bolsillo de su pantalón y de mis costillas. Le di unos golpecitos con las puntas de los dedos y le pedí que se quitara las llaves, porque me hacían daño. Salió corriendo y no regresó a la fiesta. Ahora, que conozco mejor la naturaleza masculina, la única explicación que se me ocurre para su comportamiento es que tal vez no eran las llaves. Pobre niño.

En 1956 mi familia se trasladó al Líbano, siguiendo los pasos de mi padrastro diplomático, y yo volví a un colegio de niñas, esta vez a una escuela inglesa donde el sexo simplemente no existía, había sido suprimido del universo por la pacatería británica y el celo cristiano de mis maestras.

Beirut era la perla de Oriente Próximo; allí se depositaban las fortunas de los jeques árabes en las sucursales de los bancos más importantes del mundo. Los grandes modistos y joyeros de Europa tenían sus tiendas en esa ciudad de contrastes, donde se podía ver en las calles un Cadillac con ribetes de oro junto a camellos y mulas. Muchas mujeres ya no usaban velo y algunas estudiantes de la Universidad Americana se ponían pantalones, pero todavía existía esa firme línea fronteriza que durante milenios ha separado los sexos. La sensualidad impregnaba el aire como el olor a manteca de cordero, era palpable como el calor del mediodía y persistente como el canto del muecín convocando a la oración desde el alminar. El deseo, la lujuria, lo prohibido... Las niñas no salíamos solas a ninguna parte y los niños también debían cuidarse. Mi padrastro les entregó largos alfileres de sombrero a mis hermanos para que se defendieran de pellizcos en la playa y a veces en la calle.

En el recreo de mi casto colegio pasaban de mano en mano fotonovelas subidas de tono, editadas en la India con traducción al francés, una versión muy manoseada de

El amante de lady Chatterley y libros de bolsillo sobre los excesos de Calígula. Lo único que recuerdo de esas orgías es que los comensales se limpiaban los dedos grasientos en el cabello de los esclavos africanos y se rascaban la garganta con plumas de ganso para vomitar y poder seguir comiendo, como en las películas de Fellini.

Mi padrastro tenía *Las mil y una noches* bajo llave en su armario, porque no era literatura apta para menores, pero yo había descubierto la manera de abrir el mueble y leía a escondidas trozos dispersos de esos magníficos libros de cuero rojo con cantos de oro, buscando deprisa las escenas eróticas. Me zambullí en el mundo sin retorno de la fantasía y la sensualidad, guiada por huríes de piel de leche, genios en botellas y ladrones traviesos dotados de un inagotable entusiasmo por hacer el amor. Creo que esas lecturas clandestinas me marcaron para siempre y su influencia es evidente en mis libros, sobre todo en las escenas de amor. Mis hormonas explotaron como granadas y todo a mi alrededor invitaba al placer de los sentidos, pero vivía encerrada y, aparte de aquellos libros prohibidos, no tenía válvulas de escape para el deseo. Soñaba con el amor y contaba con un único admirador, el hijo de un mercader de alfombras, que me visitaba para tomar refrescos en la terraza. Era tan rico, que tenía motoneta con chófer. Entre la vigilancia de mi madre y la de su chófer, nunca tuvimos ocasión de estar solos.

En esa época yo era plana como un tablón. Ahora no tiene importancia, porque existe la silicona, pero entonces era una gran desgracia; los senos se consideraban la esencia de la feminidad y los míos eran casi invisibles. La moda se encargaba de resaltarlos con suéter ceñido, cinturón ancho de elástico y falda inflada con enaguas almidonadas. Una mujer pechugona tenía su futuro asegurado, como Jane Mansfield, Gina Lollobrigida y Sofía Loren. En algunas películas los senos parecían conos puntudos y en otras melones maduros, según el sostén que llevara la actriz, pero siempre eran enormes. ¿Qué podía hacer una chica con pechos como ciruelas? Ponerse relleno: dos medias esferas de goma que a la menor presión se hundían sin que una lo percibiera, volviéndose súbitamente cóncavas, hasta que de pronto se escuchaba un terrible plop-plop y las gomas volvían a su forma original, paralizando de estupor al pretendiente que estuviera cerca y sumiendo a la usuaria en atroz humillación. A veces los rellenos de goma se desplazaban y podía quedar uno sobre el esternón y el otro bajo el brazo, o ambos flotando en la piscina detrás de la nadadora, como patitos perdidos.

En 1958 el Líbano estaba amenazado por la violencia, que más tarde se convertiría en una larga guerra civil. Después de la crisis del canal de Suez se agudizaron las rivalidades entre los sectores musulmanes, inspirados por la política panarabista de Gamal Abdel Nasser, y el gobierno. El presidente Camile Chamoun, cristiano maronita, pidió ayuda a Eisenhower y en julio apareció la VI Flota estadounidense. Los portaaviones escupieron hordas de marines bien nutridos y ávidos de sexo. Los padres doblaron la vigilancia de sus hijas, pero era imposible evitar que los jóvenes se encontraran. Me escapé del colegio para bailar con los yanquis y pude experimentar la borrachera del rock'n'roll y de lo prohibido. Por primera vez mi escaso tamaño resultaba ventajoso, porque con una sola mano los fornidos marines podían lanzarme al aire, darme dos volteretas sobre sus cabezas rapadas y arrastrarme por el suelo al ritmo de la guitarra frenética de Elvis Presley. Entre dos saltos mortales recibí el primer beso de mi carrera y su sabor a cerveza y goma de mascar me duró dos años.

El sostén en un palo de escoba

Los disturbios en el Líbano obligaron a mi padrastro a enviarme con mis hermanos de regreso a Chile. Otra vez recibí acogida en la casa de mi abuelo, cuya severidad no me hizo mella, porque estaba acostumbrada al cautiverio del Líbano. En ese ambiente de gente vieja mis posibilidades de probar el amor eran mínimas, pero a los quince años, cuando planeaba meterme a monja para disimular que me quedaría solterona, un joven me distinguió por allí abajo, sobre el dibujo de la alfombra, y me sonrió. Tal vez le divertía mi aspecto. Me colgué de su cintura y no lo solté hasta cinco años más tarde, cuando por fin aceptó casarse conmigo. Se llamaba Miguel.

Ahora la virginidad es un estorbo, pero antiguamente se consideraba una virtud. Se suponía que el sexo era una compulsión masculina y el romance era una obsesión femenina; el hombre intentaba que ella le diera la «prueba de amor», como se decía, y la mujer se resistía, porque no debía colaborar en la propia seducción. La idea era llegar pura al matrimonio, no tanto por moralidad como por prudencia, ya que una vez otorgada la «prueba» ella pasaba a la categoría de fresca y el pretendiente se hacía humo y se lo contaba a los amigos. Además existía el riesgo de quedar preñada, horrible destino para una soltera, peor incluso que la muerte. Ya se había inventado la píldora anticonceptiva, pero en Chile se mencionaba en susurros y nadie la había visto. A pesar de los riesgos, dudo de que muchas chicas llegaran vírgenes al matrimonio. Creo que yo no lo era, pero no puedo asegurarlo, porque mi ignorancia sobre esos asuntos era tan abismal como la de mi novio. No sé exactamente cómo tuvimos dos hijos. Y entonces sucedió lo que todos esperábamos desde hacía varios años: la ola de liberación sexual de los sesenta recorrió América del Sur y llegó finalmente hasta ese rincón al sur del continente donde yo vivía. Arte pop, minifalda, droga, sexo, biquini y los Beatles. Al principio imitábamos a Raquel Welch, con sus piernas bronceadas y sus blusitas miserables a punto de reventar bajo la presión de su feminidad, pero muy pronto aparecieron los hippies, con una estética muy diferente. Fue un revés inesperado: las exuberantes divas del cine pasaron a segundo plano y se impuso la modelo inglesa Twiggy, una especie de hermafrodita famélico con maquillaje de payaso. Para entonces me habían crecido los senos, efecto secundario de la maternidad, así es que de nuevo me encontré en el lado opuesto de la moda.

Se hablaba de orgías, intercambios de parejas, pornografía, pero yo no tuve la buena suerte de participar en nada de eso. Algunos homosexuales salieron de la oscuridad; sin embargo yo cumplí veintiocho años sin imaginar cómo lo hacían. También nos llegó el movimiento feminista, que le dio nombre y estructura a la ira contra el patriarcado que yo venía sintiendo desde la infancia. Tres o cuatro mujeres nos sacamos el sostén, lo ensartamos en un palo de escoba y desfilamos por las calles de Santiago, pero como nadie nos siguió y ni siquiera salimos en los periódicos, regresamos abochornadas a nuestras casas.

Mi estilo de entonces era hippie, porque salía barato. Durante varios años anduve vestida con harapos y abalorios de la India y manejaba un Citroën de latón pintado de flores, pero barajaba tres trabajos, manejaba mi casa, criaba a mis hijos y tenía un sentido germánico de la responsabilidad. De hippie sólo tenía la falda y las chancletas. La consigna de entonces era «paz y amor», sobre todo amor libre, que a mí me llegaba tarde, porque estaba irremisiblemente casada con Miguel. Algunas de mis amigas casadas tenían amantes y otras contaban de fiestas donde los hombres ponían sus llaveros en un canasto y luego las mujeres cogían uno con los ojos vendados, dispuestas a pasar el resto de la noche con el propietario. Muy entretenido, pero no era para mí; yo defendía el concepto de fidelidad. Intenté fumar marihuana con la idea de relajar un poco la moral, porque no podía quedarme atrás, todo el mundo en Chile la plantaba en sus jardines o en sus tinas de baño, pero después de seis pitos sin consecuencias apreciables, decidí que tampoco era para mí. Yo me drogaba con café y chocolate.

Infidelidad

Mi primer reportaje en la revista femenina donde trabajaba causó un escándalo. La cosa comenzó así: durante una cena en casa de un renombrado político, alguien me felicitó por unos artículos de humor que yo había publicado y me preguntó si pensaba escribir algo en serio. Respondí lo primero que me pasó por la mente: sí, me gustaría entrevistar a una mujer infiel. Hubo un silencio gélido en la mesa y la conversación cambió de rumbo, pero a la hora del café, la dueña de la casa —alta funcionaria del gobierno, treinta y ocho años, delgada, vestida de Chanel— me llevó aparte y me dijo que si le juraba guardar el secreto de su identidad, ella aceptaba ser entrevistada. Al día siguiente me presenté en su oficina con una grabadora y ella me contó que tenía varios amantes, porque disponía de tiempo libre después del almuerzo, porque le hacía bien para el ánimo, la propia estima y el cutis, y porque los hombres no estaban nada mal. Es decir, las mismas razones de tantos maridos infieles, incluso el suyo. Esa señora mantenía una discreta *garçonnière*, que compartía con dos amigas tan liberadas como ella, y me la ofreció amablemente, pero nunca tuve ocasión de usarla. La conclusión de mi reportaje, después de un simple cálculo matemático, fue que las mujeres son tan infieles como los hombres; si no ¿con quién lo hacen ellos? No puede ser sólo entre ellos o todos con el mismo puñado de voluntarias.

En el Chile de entonces los hombres exigían lo que no estaban dispuestos a ofrecer, es decir, que sus novias fueran castas y sus esposas fueran fieles. Todavía lo exigen, pero ahora nadie les hace caso. En mi juventud casi todas las parejas de mi edad estaban en crisis y la mayoría terminó separándose. En Chile no hubo divorcio hasta 2004, fue el último país del mundo en obtenerlo, lo cual facilitaba las cosas, porque la gente se separaba y se juntaba sin trámites burocráticos. El ejemplo más espectacular que conozco es el de mi madre, que vivió sesenta y cinco años con mi padrastro sin poder casarse —concubinato escandaloso, según la Iglesia católica— y finalmente, cuando él enviudó, esa pareja nonagenaria pudo legalizar su unión. Hoy, más de la mitad de los niños chilenos nacen fuera del matrimonio. Casarse sale caro y divorciarse es complicado.

En aquella sociedad católica, conservadora y mojigata de los años sesenta, nadie me perdonó el tono desenfadado del reportaje a esa mujer infiel, a pesar de que, como ya lo dije, era una práctica bastante común, incluso entre mis amistades. Si la entrevistada hubiera tenido un marido en silla de ruedas y amara a otro hombre, seguramente habría contado con la simpatía general, pero que lo hiciera por gusto y sin culpa era inaceptable. A la revista llegaron cientos de cartas indignadas, incluso una protesta formal del arzobispo de Santiago. Asustada, la directora me ordenó escribir un artículo sobre una mujer fiel, para apaciguar el clamor público, pero no encontré ninguna que tuviera algo interesante que decir al respecto.

Eran tiempos confusos para mi generación. Leíamos el *Informe Kinsey*, el *Kamasutra* y los libros de las feministas norteamericanas y europeas, pero vivíamos en un ambiente de remilgos, era difícil escapar a esa moralina hipócrita que nos aprisionaba. Mi vida tenía matices de esquizofrenia: en mi casa actuaba como una geisha, pero en público posaba de feminista desatada. Por un lado esperaba a mi marido con la aceituna de su martini entre los dientes y por otro aprovechaba la menor oportunidad que me ofreciera el trabajo de periodista para desafiar a la *pacatería chilensis*. Por ejemplo, una vez aparecí en la televisión disfrazada de corista, casi desnuda, con plumas de avestruz en el trasero y una esmeralda de vidrio pegada en el ombligo. Miguel lo tomó con humor, pero mis suegros no me hablaron durante cuatro meses. Desgraciadamente se salvó un vídeo de ese programa y de vez en cuando surge por allí, con riesgo de que lo vean mis nietos. Aquellas locuras me dieron mala repu-

tación y provocaron chismes, decían que yo era «desprejui-
ciada», insulto grave en esa sociedad orgullosa de sus pre-
juicios, pero en realidad yo todavía era una esposa fiel y mi
vida era un libro abierto que cualquiera podía examinar.

Un flautista y otros deslices

El golpe militar de 1973 en Chile puso fin a una larga tradi-
ción democrática y en 1975 emigré con mi familia, porque
no podíamos ni queríamos vivir bajo la dictadura del general Pinochet. El apogeo de la liberación sexual nos sorprendió en Venezuela, país abierto y cálido, muy distinto al mío,
donde la sensualidad se expresa sin subterfugios ni eufemismos. Las playas estaban pobladas de machos bigotudos con
unos bañadores ínfimos, diseñados para resaltar lo que
contenían. Las mujeres más hermosas del mundo, que ganaban todos los concursos internacionales de belleza, se pa-
seaban buscando guerra al son de la música secreta de sus
caderas. Allí me liberé finalmente, empecé a prestarle atención a mi cuerpo y descubrí que soy una criatura sensual.
Tenía treinta y tres años.

No es el caso detenerme en los detalles de esa liberación,
porque no hay nada extraordinario que contar. Basta con
decir que aprendí algo que habría de servirme para el resto
de la vida y para la literatura: el sexo sin conexión emocio-
nal, por acrobático que sea, me aburre; necesito humor,

conversación, simpatía, algo que compartir más allá de las sábanas. Una vez leí por allí que la diferencia entre erotismo y pornografía es que en el primero se usa una pluma y en el segundo la gallina, pero para mí la diferencia es que la pornografía es copulación mecánica y el erotismo contiene sentimientos y una historia.

Es un hecho comprobado que en el exilio la mayor parte de las parejas se rompen, porque ya no cuentan con el andamiaje de la familia y la sociedad, que los sostenía en su tierra; así nos sucedió a Miguel y a mí. Él trabajaba en una provincia remota de Venezuela y yo me quedé en Caracas con los niños. Pronto nuestros caminos empezaron a divergir; un par de años más tarde se me cruzó por delante un flautista argentino, que iba rumbo a España, huyendo de otra dictadura, y abandoné todo por seguirlo, como las ratas de Hamelín. Durante un mes viví una pasión de novela en Madrid, que concluyó en un baño de lágrimas al comprender que fuera de la cama éramos incompatibles, tal como mi madre había pronosticado con sus cartas del tarot. Regresé con mi marido y mis hijos, decidida a olvidar al trovador, enmendar mis errores, trabajar, ahorrar, cambiar mis faldas gitanas por ropa seria y hacer feliz a Miguel, que me recibió de vuelta con el corazón abierto. Casi lo conseguí. Durante los nueve años siguientes ambos tratamos de salvar nuestra relación, pero era un cristal partido, muy difícil de reparar.

En la primera mitad de la década de los ochenta no se podía ver ninguna película, excepto las de Walt Disney, sin que aparecieran criaturas copulando. Hasta en los documentales científicos había mosquitos o pingüinos que lo hacían. La moral había cambiado tanto que fui con mi madre a ver una película japonesa, *El imperio de los sentidos*, en que una pareja muere por fornicación, y a mi vieja le pareció poética. Mi padrastro les prestaba *Las mil y una noches* a los nietos, porque resultaba de una ingenuidad conmovedora comparado con las revistas que vendían en los quioscos. Había que estudiar mucho para contestar las preguntas de los hijos —«mamá, ¿qué es bestialismo?»— y fingir naturalidad cuando los chiquillos inflaban condones y los colgaban como globos en las fiestas de cumpleaños.

Ordenando el dormitorio de mi hijo adolescente, Nicolás, encontré un libro forrado en papel marrón y, sin ser una experta, adiviné el contenido antes de abrirlo. Era uno de esos manuales sexuales que en el colegio se cambian por estampas de futbolistas. Al ver las ilustraciones de amantes desnudos frotándose mutuamente con *mousse* de salmón, comprendí cuán atrasada estaba. ¡Tantos años cocinando sin conocer los múltiples usos del salmón! ¿En qué limbo había estado durante ese tiempo? Ni siquiera contaba con un espejo o un trapecio en el techo del dormitorio. Miguel y yo decidimos actualizarnos, pero al cabo de algunas contorsiones muy peligrosas, como comprobamos más tarde en las radiografías de columna, amanecimos echándonos linimento en las articulaciones, en vez de *mousse* en el punto G.

Cuando mi hija Paula terminó el colegio y entró a estudiar psicología con especialización en sexualidad humana, le advertí que era una imprudencia, porque su vocación no sería bien comprendida; no estábamos en Suecia, sino en Latinoamérica, pero ella insistió. Paula tenía un novio siciliano y planeaban casarse y engendrar media docena de hijos, una vez que ella aprendiera a cocinar pasta. Físicamente, mi hija engañaba a cualquiera, parecía una virgen de Murillo: grácil, dulce, de pelo largo y ojos lánguidos, nadie podía imaginar que fuera experta en orgasmos. En esa época hice un viaje a Holanda y Paula me encargó ciertos materiales de estudio que necesitaba para sus clases. Me tocó ir, lista en mano, a una tienda de Amsterdam y adquirir vídeos y libros explícitos, unos plátanos de goma rosada activados con pilas y condones con la cabeza de Mickey Mouse. Eso no fue lo más bochornoso. Peor fue cuando en la aduana de Caracas me abrieron el equipaje y debí explicar que nada de aquello era para mí, sino para mi hija. Paula circulaba por todas partes con una maleta de juguetes eróticos y, como yo se lo había profetizado, el joven siciliano perdió la paciencia y declaró que no estaba dispuesto a soportar que su novia anduviera midiéndole el pene a hombres que ni siquiera eran miembros de la familia. Puesta a escoger entre casarse o graduarse, Paula prefirió lo segundo y el novio se perdió de vista en el horizonte. Mientras duraron los cursos de sexualidad de mi hija, en casa vimos películas con todas las combinaciones posibles: mujer con perro, parapléjico con gorda, china con equipo de fútbol, etc. Venían a tomar el té transexuales, pederastas, necrofílicos, onanistas y, mientras la virgen de Murillo ofrecía pastelitos, yo aprendía cómo los cirujanos convierten a una mujer en hombre mediante un trozo de tripa.

UNA PAREJA DE VIEJOS PÍCAROS

En 1987 yo tenía cuarenta y cinco años, había publicado tres novelas y mis hijos ya no me necesitaban. Entonces terminó oficialmente mi matrimonio. Nicolás se había quitado los mechones verdes de la cabeza y las catorce argollas de las orejas y estaba en la universidad; Paula había reemplazado la sexología, que resultó poco rentable, por una maestría en educación cognoscitiva y había aprendido a cocinar pasta con la idea de conseguir otro novio. Ese año lo encontró, pronto se casaron y alcanzaron a ser felices por un tiempo breve, hasta que vino la muerte y se la llevó. Pero ésa es otra historia.

Mi divorcio de Miguel se llevó a cabo en Caracas, con los buenos modales que caracterizaron nuestra relación de casi tres décadas, y quedamos amigos, porque si bien el enamoramiento se había disipado, el cariño seguía intacto. Al cabo de un mes Miguel conoció a Marta, la mujer ideal para él, y regresaron a Chile, mientras yo me encontré sin pareja por primera vez en mi vida. Libre de ataduras, me dispuse a pasarlo bien, con la esperanza de que a mi edad todavía pudiera seducir a algunos varones distraídos. La libertad me duró exactamente cuatro meses y veinte días. Andaba presentando libros por el norte de California cuando conocí a Willie, un abogado americano que había leído mi segunda novela, *De amor y de sombra*, y había quedado enganchado con la escena de amor entre Irene y Francisco. «Esta autora entiende el amor como yo», le comentó a una amiga, y por eso fue a conocerme en la librería donde me tocó hablar.

Si le preguntan, Willie dirá que ése fue el encuentro de dos almas que ya se habían amado en otras vidas, pero para mí fue un golpe de lujuria. Ese hombre me pareció muy exótico: blanco como harina, con ojos azules de irlandés y hablando español como un bandido mexicano. Como este episodio de mi vida ya lo he contado mil veces, voy a resumir. Digamos que me introduje en su vida sin invitación y desde entonces estamos juntos. Al cabo de un par de semanas comprobé que además de la lujuria inicial estaba enamorada. Es fácil enamorarse de Willie, aunque es la antítesis del amante latino clásico: no me susurra halagos al oído, no baila apretado y me trata como a un compinche. Eso sí, tiene la virtud de ser monógamo y, dadas las condiciones adecuadas, yo también puedo serlo.

En materia sexual las tendencias cambian rápido; por eso, en la década de los noventa decidí prepararme para cuando nacieran mis nietos, así podrían jactarse de tener una abuela moderna. Me dispuse a seguir un curso de sexo tántrico, conseguir una muñeca con orificios practicables y entrenar al perro para fotos indecentes, pero vino el sida y retrocedimos a los tiempos oscuros anteriores a la píldora anticonceptiva. Cuando por fin llegaron los nietos les compré ositos de peluche y repasé mis conocimientos de flores y abejas. La humanidad pasó años paralizada de terror ante esa epidemia que parecía castigo divino, hasta que descubrieron drogas para controlarla y se pudo volver a cultivar la promiscuidad, aunque con cautela. Entretanto del presidente Bill Clinton aprendimos que el sexo oral no es sexo si se practica en la Casa Blanca, y la Iglesia católica nos convenció de que la pedofilia no es pecado si la practica un cura. Internet puso al alcance de todo el mundo lo que antes era muy secreto y ahora cualquiera puede experimentar virtualmente en una pantalla hasta la perversión más rebuscada. Eso tampoco es sexo ni pecado. No logro mantenerme al día con los avances en materia sexual y por mucho que estudie, mis nietos saben más que yo. Nada les sorprende.

En los muchos años que llevo escribiendo he explorado varios géneros: ficción, relatos cortos, memorias, ensayos, novelas históricas y juveniles, incluso recetas de cocina, y en casi todos mis libros hay escenas de amor, menos en los juveniles, porque los editores se oponen, pero no he escrito un libro erótico. Tal vez lo haga después de que se muera mi madre, para no darle un mal rato, aunque ese desafío me asusta un poco. Con la sexualidad está sucediendo lo mismo que con la violencia: se exagera cada vez más para interesar a un público que ya está saciado. No queda nada nuevo que ofrecer, pero siempre se pueden intensificar los efectos especiales.

Willie y yo hemos sobrevivido a muchos altibajos y a algunas tragedias. Un célebre compositor alemán nos dijo una vez que había vivido varias vidas con la misma mujer. Nos explicó que llevaban cuatro décadas juntos y habían cambiado mucho desde que se conocieron. Siete veces habían estado a punto de separarse, porque su relación flaqueaba y no reconocían en su cónyuge a la persona de quien se habían enamorado en la adolescencia, pero en cada ocasión decidieron hacer los ajustes necesarios, nutrir el amor y renovar los votos. «Tuvimos que cruzar siete umbrales», nos dijo. En este momento de nuestras vidas Willie y yo estamos en uno de esos umbrales, el de la madurez, cuando casi todo se deteriora: el cuerpo, la capacidad mental, la energía y la sexualidad. ¿Qué diablos nos pasó? Esto no nos ocurrió paulatinamente, se nos vino encima de súbito, como un tsunami. Una mañana nos vimos desnudos en el espejo grande del baño y ambos nos sobresaltamos. ¿Quiénes eran esos viejitos intrusos en nuestro baño?

En esta cultura, que sobrevalora la juventud y la belleza, se requiere mucho amor y algunos trucos de ilusionista para mantener vivo el deseo por la persona que antes nos excitaba y ahora está achacosa y gastada. A mi edad respetable, en que me dan descuento en el cine y el autobús, tengo el mismo interés de siempre por el erotismo. Mi madre, que cumplió noventa, dice que eso nunca se termina, pero es mejor no mencionarlo, porque resulta chocante; se supone que los viejos son asexuados, como las amebas. Supongo que si estuviera sola no pensaría mucho en esto, como es el caso de muchas de mis amigas, pero ya que cuento con Willie, pretendo envejecer jugosamente. Por dentro Willie no ha cambiado, sigue siendo el mismo hombre fuerte y bueno que me enamoró, por eso estoy empeñada en mantener encendida la pasión, aunque ya no sea el fuego de una antorcha, sino la llama discreta de un fósforo. Otras parejas de nuestra edad exaltan los méritos de la ternura y la compañía, que reemplazan el alboroto de la pasión, pero le he advertido a Willie que no pienso sustituir la sensualidad por aquello que ya tengo con mi perra. No todavía...

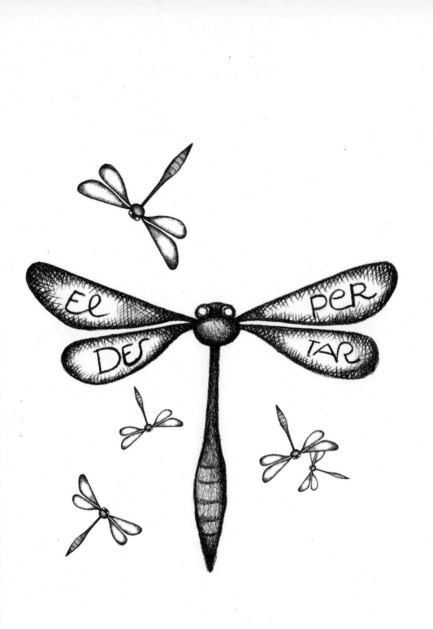

El despertar

¡Qué lástima que el ardor alborotado se trans-
forme en amor calmado! A mí lo que me gusta
es el alboroto.

(De *Vida y espíritu*)

Desperté al misterio de la sexualidad a los ocho años con un
episodio que conté en mi primera memoria, *Paula*. Esa aventura
de infancia pudo haber conducido a una violación, aunque no
alcanzó a serlo, y terminó con un crimen que seguramente
no estaba relacionado con lo ocurrido, pero en mi alma siempre
ambos hechos estarán ligados. Causa y efecto, pecado y castigo.
Los hechos se confunden en mi memoria, no sé en qué orden sucedieron, ni cuánto hay de cierto y cuánto he inventado, lo único
que recuerdo bien es la emoción: una mezcla explosiva de curiosidad, placer, miedo y culpa, que no he vuelto a sentir con la
misma intensidad. Mi experiencia fue simple y puede contarse
en pocas frases: un pescador me encontró en la playa, me dio a
comer un erizo de mar y luego me llevó al bosque, donde me

acarició; poco después lo mataron en una riña. Sesenta años más tarde, para mí siguen siendo inseparables el sexo de un hombre y el sabor a yodo y sal del erizo, éste es el tipo de fijación que la gente supera con psicoanálisis, pero yo prefiero exorcizar mis demonios con la escritura. «Y entonces se quedó mirándome con una expresión indescifrable y de pronto tomó mi mano y la puso sobre su sexo. Percibí el bulto bajo la tela húmeda del bañador, algo que se movía, como un grueso trozo de manguera; traté de retirar la mano, pero él la sostuvo con firmeza, mientras susurraba con una voz diferente que no tuviera miedo, no me haría nada malo, sólo cosas ricas. El sol se volvió más caliente, la luz más lívida, el rugido del océano más abrumador, mientras bajo mi mano cobraba vida esa dureza de perdición.» En varias de mis novelas he explorado la fuerza brutal de los sentimientos que acompañan el descubrimiento de la sexualidad en una niña o un niño. Casi siempre el relato es vehemente o violento, como fue mi experiencia y como suelen ser las pasiones infantiles, cuando carecemos del freno de la razón y de ese barniz de cinismo que adquirimos con los años, después de varios tropiezos y desilusiones. A veces, sin embargo, he tratado el tema con humor, como en el caso de Rolf Carlé y sus primas gordinflonas en *Eva Luna*; así, entre risas y besos, me hubiera gustado que fuese mi propio despertar.

Las primas de Rolf Carlé eran requeridas en amores por un par de pretendientes, que descendían en línea directa de los fundadores de la Colonia, dueños de la única industria de velas de fantasía, cuya producción se vendía en todo el país y más allá de las fronteras. La fábrica todavía existe y es tanto su prestigio, que en ocasión de la visita del Papa, cuando el Gobierno mandó hacer un cirio de siete metros de largo y dos de diámetro para mantenerlo encendido en la Catedral, no sólo pudieron moldearlo a la perfección, decorarlo con escenas de la pasión y aromatizarlo con extracto de pino, sino que también fueron capaces de trasladarlo en un camión desde la montaña hasta la capital bajo un sol de plomo, sin que perdiera su forma de obelisco, su olor de Navidad ni su tono de marfil antiguo. La conversación de los dos jóvenes giraba en torno a los moldes, colores y perfumes de las velas. A veces resultaban algo aburridos, pero ambos eran guapos, bastante prósperos y estaban impregnados por dentro y por fuera con el aroma de la cera de abejas y de las esencias. Eran los mejores partidos de la Colonia y todas las muchachas buscaban pretextos para ir a comprar velas con sus más vaporosos vestidos, pero Rupert había sembrado la duda en sus hijas de que toda esa gente, nacida por generaciones de las mismas familias, tenía la sangre aguada y podía producir vástagos fallados. En franca oposición a las teorías sobre las razas puras, creía que de las mezclas salen los mejores ejemplares y para probarlo cruzó sus perros finos con bastardos callejeros. Obtuvo bestias lamentables de impredecibles pelajes y tamaños, que nadie quiso comprar, pero que resultaron mucho más inteligentes que sus congéneres con pedigrí, como se vio cuando aprendieron a caminar sobre una cuerda floja y bailar vals sobre las patas traseras. Es mejor buscar novios fuera, decía, desafiando a su amada Burgel, quien no quería oír hablar de esa posibilidad; la idea de ver a sus niñas desposadas con varones morenos y con un vaivén de rumba en las caderas le parecía una horrible desgracia. No seas obtusa, Burgel. Obtuso eres tú, ¿quieres tener nietos mulatos? Los nativos de este país no son rubios, mujer, pero tampoco son todos negros. Para zanjar la discusión, ambos suspiraban con el nombre de Rolf Carlé en los labios, lamentando no disponer de dos sobrinos como él, uno para cada hija, porque si bien existía un parentesco sanguíneo y el antecedente del retardo mental de Katharina, podrían jurar que Rolf no era portador de genes deficientes. Lo consideraban el yerno perfecto, trabajador, educado, culto, con buenos modales, más no se podía pedir. Su juventud excesiva constituía por el momento su única falla, pero todo el mundo se cura de eso.

Las primas tardaron bastante en ponerse a tono con las aspiraciones de sus padres, porque eran doncellas inocentes, pero cuando se despabilaron dejaron muy atrás los preceptos de modestia y recato en que habían sido criadas. Percibieron el incendio en los ojos de Rolf Carlé, lo vieron entrar como una sombra en su habitación para hurgar furtivamente en sus vestidos y lo interpretaron como síntomas de amor. Hablaron del asunto entre ellas, contemplando la posibilidad de amarse platónicamente entre los tres, pero al verlo con el torso desnudo, el pelo de cobre revuelto por la brisa, sudando con las herramientas del campo o de la carpintería, fueron cambiando de parecer y llegaron a la feliz conclusión de que Dios había inventado dos sexos con un propósito evidente. Eran de carácter alegre y estaban acostumbradas a compartir el cuarto, el baño, la ropa y casi todo lo demás, de modo que no vieron malicia alguna en repartirse también al amante. Por otra parte, les resultaba fácil deducir el excelente estado físico del muchacho, cuyas fuerzas y buena voluntad alcanzaban para cumplir las pesadas faenas exigidas por el tío Rupert y, estaban seguras, sobrarían para retozar con ellas. Sin embargo, la cosa no era tan simple. Los habitantes del pueblo carecían de la amplitud de criterio para entender una relación triangular y, hasta su padre, a pesar de sus alardes de modernismo, nunca la toleraría. De la madre ni hablar, era capaz de coger un cuchillo y clavárselo al sobrino en la parte más vulnerable.

Pronto Rolf Carlé notó un cambio en la actitud de las jóvenes. Lo atosigaban con los trozos más grandes de carne asada, le echaban una montaña de crema batida a su postre, cuchicheaban a su espalda, se alborotaban cuando él las sorprendía observándolo, lo tocaban al pasar, siempre en forma casual, pero con tal carga erótica en cada uno de esos roces, que ni un anacoreta hubiera permanecido impasible. Hasta entonces él las rondaba con prudencia y disimulo para no faltar a las normas de cortesía ni enfrentar la posibilidad de un rechazo, que habría herido de muerte su propia estima, pero poco a poco empezó a mirarlas con audacia, largamente, porque no quería tomar una decisión precipitada. ¿Cuál escoger? Las dos le resultaban encantadoras con sus piernotas robustas, sus senos apretados, sus ojos de aguamarina y esa piel de infante. La mayor era más divertida, pero también lo seducía la suave coquetería de la menor. El pobre Rolf se debatió en tremendas dudas hasta que las muchachas se cansaron de esperar su iniciativa y se lanzaron en un ataque frontal. Lo atraparon en la huerta de las fresas, le hicieron una zancadilla para mandarlo al suelo y se le fueron encima para hacerle cosquillas, pulverizando su manía de tomarse en serio y sublevando su lujuria. Hicieron saltar los botones de su pantalón, le arrancaron los zapatos, le rompieron la camisa y metieron sus manos de ninfas traviesas por donde él nunca imaginó que alguien lo exploraría. A partir de ese día Rolf Carlé abandonó la lectura, descuidó a los cachorros, se olvidó de los relojes de cucú, de escribirle a su madre y hasta de su propio nombre. Andaba en trance, con los instintos encendidos y la mente ofuscada. De lunes a jueves, cuando no había visitantes en la casa, disminuía el ritmo de trabajo doméstico y los tres jóvenes disponían de algunas horas de libertad, que aprovechaban para perderse en los cuartos de los huéspedes, vacíos en esos días de la semana. Pretextos no faltaban: airear los edredones, limpiar los cristales de las ventanas, fumigar las cucarachas, encerar

la madera de los muebles, cambiar las sábanas. Las muchachas habían heredado de sus padres el sentido de equidad y
de organización, mientras una se quedaba en el corredor
vigilando para dar la voz de alarma si alguien se aproximaba, la otra se encerraba en el cuarto con Rolf. Respetaban
los turnos rigurosamente, pero por fortuna el joven no se
enteró de ese detalle humillante. ¿Qué hacían cuando estaban a solas? Nada nuevo, los mismos juegos de primos que
la humanidad conoce desde hace seis mil años. Lo interesante comenzó cuando decidieron juntarse por las noches
los tres en la misma cama, tranquilizados por los ronquidos
de Rupert y Burgel en la habitación contigua. Los padres
dormían con la puerta abierta para vigilar a sus hijas y eso
permitía a las hijas vigilar a los padres. Rolf Carlé era tan
inexperto como sus dos compañeras, pero desde el primer
encuentro tomó precauciones para no preñarlas y puso en
los juegos de alcoba todo el entusiasmo y la inventiva necesarios para suplir su ignorancia amatoria. Su energía era ali-
mentada sin tregua por el formidable regalo de sus primas,
abiertas, tibias, frutales, siempre sofocadas de risa y bien dispuestas. Además, el hecho de hacerlo en el mayor silencio,
aterrados por los crujidos de la cama, arropados bajo las
sábanas, envueltos en el calor y el olor compartidos, era un
incentivo que ponía fuego en sus corazones. Estaban en la
edad precisa para hacer el amor incansablemente. Mientras
las muchachas florecían con una vitalidad estival, los ojos
cada vez más azules, la piel más luminosa y la sonrisa más

feliz, Rolf olvidaba los latinajos, andaba tropezando con los muebles y durmiéndose de pie, servía la mesa de los turistas medio sonámbulo, con las rodillas temblorosas y la mirada difusa. Este niño está trabajando mucho, Burgel, lo veo pálido, hay que darle vitaminas, decía Rupert, sin sospechar que a sus espaldas el sobrino devoraba grandes porciones del famoso guiso afrodisíaco de su tía, para que no le fallaran los músculos a la hora de ponerlos a prueba. Los tres primos descubrieron juntos los requisitos para despegar y en algunas oportunidades llegaron incluso a volar muy alto. El muchacho se resignó a la idea de que sus compañeras tenían mayor capacidad de goce y podían repetir sus hazañas varias veces en la misma sesión, de modo que para mantener su prestigio incólume y no defraudarlas aprendió a dosificar sus fuerzas y su placer con técnicas improvisadas. Años después supo que los mismos métodos se empleaban en la China desde los tiempos de Confucio y concluyó que no hay nada nuevo bajo el sol, como decía su tío Rupert cada vez que leía el periódico. Algunas noches los tres amantes eran tan felices, que olvidaban despedirse y se dormían en un nudo de miembros entrelazados, el joven perdido en una montaña blanda y fragante, arrullado por los sueños de sus primas. Despertaban con los primeros cantos del gallo, justo a tiempo para saltar cada uno a su cama antes de que los padres los sorprendieran en tan deliciosa falta. Al principio las hermanas tuvieron la idea de rifarse al infatigable Rolf Carlé lanzando una moneda al aire, pero durante esos memorables combates descubrieron que estaban unidas a él por un sentimiento juguetón y festivo, totalmente inadecuado para establecer las bases de un matrimonio respetable. Ellas, mujeres prácticas, consideraron más conveniente desposar a los aromáticos fabricantes de velas, conservando a su primo de amante y convirtiéndole, en lo posible, en padre de sus hijos, evitando así el riesgo del aburrimiento, aunque tal vez no el de traer hijos medio tarados a este mundo. Ese arreglo jamás pasó por la mente de Rolf Carlé, alimentado por la literatura romántica, las novelas de caballería y los rígidos preceptos honorables aprendidos en la infancia. Mientras ellas planeaban audaces combinaciones, él sólo lograba acallar la culpa de amarlas a las dos pretextando que se trataba de un acuerdo temporal, cuya finalidad última era conocerse más antes de formar una pareja; pero un contrato a largo plazo le parecía una perversión abominable. Se debatía en un conflicto insoluble entre el deseo, siempre renovado con poderosos bríos por esos dos cuerpos opulentos y generosos, y su propia severidad que lo inducía a considerar el matrimonio monógamo como el único camino posible para un hombre decente. No seas tonto, Rolf, ¿no ves que a nosotras no nos importa? Yo no te quiero para mí sola y mi hermana tampoco, sigamos así mientras estemos solteras y después de casadas también. Esta proposición fue una sacudida brutal para la vanidad del joven. Se hundió en la indignación durante treinta horas, al cabo de las cuales pudo más la concupiscencia. Recogió su dignidad del suelo y volvió a dormir con ellas. Y las adorables primas, una a cada lado, risueñas, desnudas, lo envolvieron otra vez en su niebla estupenda de canela, clavo de olor, vainilla y limón hasta enloquecer sus sentidos y anular sus secas virtudes cristianas. Tres años transcurrieron así, suficientes para borrar las pesadillas macabras de Rolf Carlé y reemplazarlas por sueños amables. Tal vez las muchachas habrían ganado la pelea contra sus escrúpulos y él se habría quedado junto a ellas para el resto de sus días, cumpliendo con humildad la tarea de amante y de padrote por partida doble, si su destino no estuviera trazado en otra dirección.

(De *Eva Luna*)

Desde esa noche Elena vio a Bernal con ojos nuevos. Olvidó que detestaba su brillantina, su escarbadientes y su arrogancia, y cuando lo veía pasar o lo escuchaba hablar recordaba las canciones de aquella fiesta improvisada y volvía a sentir el ardor en la piel y la confusión en el alma, una fiebre que no sabía poner en palabras. Lo observaba de lejos, a hurtadillas, y así fue descubriendo aquello que antes no supo percibir, sus hombros, su cuello ancho y fuerte, la curva sensual de sus labios gruesos, sus dientes perfectos, la elegancia de sus manos, largas y finas. Le entró un deseo insoportable de aproximarse a él para enterrar la cara en su pecho moreno, escuchar la vibración del aire en sus pulmones y el ruido de su corazón, aspirar su olor, un olor que sabía seco y penetrante, como de cuero curtido o de tabaco. Se imaginaba a sí misma jugando con su pelo, palpándole los músculos de la espalda y de las piernas, descubriendo la forma de sus pies, convertida en humo para metérsele por la garganta y ocuparlo entero. Pero si el hombre levantaba la mirada y se encontraba con la suya, Elena corría a ocultarse en el más apartado matorral del patio, temblando. Bernal se había adueñado de todos sus pensamientos, la niña ya no podía soportar la inmovilidad del tiempo lejos de él. En la escuela se movía como en una pesadilla, ciega y sorda a todo salvo las imágenes interiores, donde lo veía sólo a él. ¿Qué estaría haciendo en ese momento? Tal vez dormía boca abajo sobre la cama con las persianas cerradas, su cuarto en penumbra, el aire caliente agitado por las alas del ventilador, un sendero de sudor a lo largo de su columna, la cara hundida en la almohada.

Con el primer golpe de la campana de salida corría a la casa, rezando para que él no se hubiera despertado todavía y ella alcanzara a lavarse y ponerse un vestido limpio y sentarse a esperarlo en la cocina, fingiendo hacer sus tareas para que su madre no la abrumara de labores domésticas. Y después, cuando lo escuchaba salir silbando del baño, agonizaba de impaciencia y de miedo, segura de que moriría de gozo si él la tocara o tan sólo le hablara, ansiosa de que eso ocurriera, pero al mismo tiempo lista para desaparecer entre los muebles, porque no podía vivir sin él, pero tampoco podía resistir su ardiente presencia. Con disimulo lo seguía a todas partes, lo servía en cada detalle, adivinaba sus deseos para ofrecerle lo que necesitaba antes de que lo pidiera, pero se movía siempre como una sombra, para no revelar su existencia.

En las noches Elena no lograba dormir, porque él no estaba en la casa. Abandonaba su hamaca y salía como un fantasma a vagar por el primer piso, juntando valor para entrar por fin sigilosa al cuarto de Bernal. Cerraba la puerta a su espalda y abría un poco la persiana, para que entrara el reflejo de la calle a alumbrar las ceremonias que había inventado para apoderarse de los pedazos del alma de ese hombre, que se quedaban impregnando sus objetos. En la luna del espejo, negra y brillante como un charco de lodo, se observaba largamente, porque allí se había mirado él y las huellas de las dos imágenes podrían confundirse en un abrazo. Se acercaba al cristal con los ojos muy abiertos, viéndose a sí misma con los ojos de él, besando sus propios labios con un beso frío y duro, que ella imaginaba caliente, como boca de hombre. Sentía la superficie del espejo contra su pecho y se le erizaban las diminutas cerezas de los senos, provocándole un dolor sordo que la recorría hacia abajo y se instalaba en un punto preciso entre sus piernas. Buscaba ese dolor una y otra vez.

Del armario sacaba una camisa y las botas de Bernal y se las ponía. Daba unos pasos por el cuarto con mucho cuidado, para no hacer ruido. Así vestida hurgaba en sus cajones, se peinaba con su peine, chupaba su cepillo de dientes, lamía su crema de afeitar, acariciaba su ropa sucia. Después, sin saber por qué lo hacía, se quitaba la camisa, las botas y su camisón y se tendía desnuda sobre la cama de Bernal, aspirando con avidez su olor, invocando su calor para envolverse en él. Se tocaba todo el cuerpo, empezando por la forma extraña de su cráneo, los cartílagos translúcidos de las orejas, las cuencas de los ojos, la cavidad de su boca, y así hacia abajo dibujándose los huesos, los pliegues, los ángulos y las curvas de esa totalidad insignificante que era ella misma, deseando ser enorme, pesada y densa como una ballena. Imaginaba que se iba llenando de un líquido viscoso y dulce como miel, que se inflaba y crecía al tamaño de una descomunal muñeca, hasta llenar toda la cama, todo el cuarto, toda la casa con su cuerpo turgente. Extenuada, a veces se dormía por unos minutos, llorando.

Una mañana de sábado Elena vio desde la ventana a Bernal, que se aproximaba a su madre por detrás, cuando ella estaba inclinada en la artesa fregando ropa. El hombre le puso la mano en la cintura y la mujer no se movió, como si el peso de esa mano fuera parte de su cuerpo. Desde la distancia, Elena percibió el gesto de posesión de él, la actitud de entrega de su madre, la intimidad de los dos, esa corriente que los unía con un formidable secreto. La niña sintió que un golpe de sudor la bañaba entera, no podía respirar, su corazón era un pájaro asustado entre las costillas, le picaban las manos y los pies, la sangre pujando por reventarle los dedos. Desde ese día comenzó a espiar a su madre.

Una a una fue descubriendo las evidencias buscadas, al principio sólo miradas, un saludo demasiado prolongado, una sonrisa cómplice, la sospecha de que bajo la mesa sus piernas se encontraban y que inventaban pretextos para quedarse a solas. Por fin una noche, de regreso del cuarto de Bernal donde había cumplido sus ritos de enamorada, escuchó un rumor de aguas subterráneas proveniente de la habitación de su madre y entonces comprendió que durante todo ese tiempo, mientras ella creía que Bernal estaba ganándose el sustento con canciones nocturnas, el hombre había estado al otro lado del pasillo, y mientras ella besaba su recuerdo en el espejo y aspiraba la huella de su paso en sus sábanas, él estaba con su madre. Con la destreza aprendida en tantos años de hacerse invisible, atravesó la puerta cerrada y los vio entregados al placer. La pantalla con flecos de la lámpara irradiaba una luz cálida, que revelaba a los amantes sobre la cama. Su madre se había transformado en una criatura redonda, rosada, gimiente, opulenta, una ondulante anémona de mar, puros tentáculos y ventosas, toda boca y manos y piernas y orificios, rodando y rodando adherida al cuerpo grande de Bernal, quien por contraste le pareció rígido, torpe, de movimientos espasmódicos, un trozo de madera sacudido por una ventolera inexplicable. Hasta entonces la niña no había visto a un hombre desnudo y la sorprendieron las fundamentales diferencias. La naturaleza masculina le pareció brutal y le tomó un buen tiempo sobreponerse al terror y forzarse a mirar. Pronto, sin embargo, la venció la fascinación de la escena y pudo observar con toda atención, para aprender de su madre los gestos que habían logrado arrebatarle a Bernal, gestos más poderosos que todo el amor de ella, que todas sus oraciones, sus sueños y sus silenciosas llamadas, que todas sus ceremonias mágicas para convocarlo a su lado. Estaba segura de que esas caricias y esos susurros contenían la clave del secreto y si lograba apoderárselos, Juan José Bernal dormiría con ella en la hamaca, que cada noche colgaba de dos ganchos en el cuarto de los armarios.

Elena pasó los días siguientes en estado crepuscular. Perdió totalmente el interés por su entorno, incluso por el mismo Bernal, quien pasó a ocupar un compartimiento de reserva en su mente, y se sumergió en una realidad fantástica que reemplazó por completo al mundo de los vivos. Siguió cumpliendo con las rutinas por la fuerza del hábito, pero su alma estaba ausente de todo lo que hacía. Cuando su madre notó su falta de apetito, lo atribuyó a la cercanía de la pubertad, a pesar de que Elena era a todas luces demasiado joven, y se dio tiempo para sentarse a solas con ella y ponerla al día sobre la broma de haber nacido mujer. La niña escuchó en taimado silencio la perorata sobre maldiciones bíblicas y sangres menstruales, convencida de que eso jamás le ocurriría a ella.

El miércoles Elena sintió hambre por primera vez en casi

una semana. Se metió en la despensa con un abrelatas y una cuchara y se devoró el contenido de tres tarros de arvejas, luego le quitó el vestido de cera roja a un queso holandés y se lo comió como una manzana. Después corrió al patio y, doblada en dos, vomitó una verde mezcolanza sobre los geranios. El dolor del vientre y el agrio sabor en la boca le devolvieron el sentido de la realidad. Esa noche durmió tranquila, enrollada en su hamaca, chupándose el dedo como en los tiempos de la cuna. El jueves despertó alegre, ayudó a su madre a preparar el café para los pensionistas y luego desayunó con ella en la cocina, antes de irse a clases. A la escuela, en cambio, llegó quejándose de fuertes calambres en el estómago y tanto se retorció y pidió permiso para ir al baño, que a media mañana la maestra la autorizó para regresar a su casa.

Elena dio un largo rodeo para evitar las calles del barrio y se aproximó a la casa por la pared del fondo, que daba a un barranco. Logró trepar el muro y saltar al patio con menos riesgo del esperado. Había calculado que a esa hora su madre estaba en el mercado, y como era el día del pescado fresco tardaría un buen rato en volver. En la casa sólo se encontraban Juan José Bernal y la señorita Sofía, que llevaba una semana sin ir al trabajo porque tenía un ataque de artritis.

Elena escondió los libros y los zapatos bajo unas matas y se deslizó al interior de la casa. Subió la escalera pegada a la pared, reteniendo la respiración, hasta que oyó la radio tronando en el cuarto de la señorita Sofía y se sintió más tranquila. La puerta de Bernal cedió de inmediato. Adentro estaba oscuro y por un momento no vio nada, porque venía del resplandor de la mañana en la calle, pero conocía la habitación de memoria, había medido el espacio muchas veces, sabía dónde se hallaba cada objeto, en qué lugar preciso el piso crujía y a cuántos pasos de la puerta estaba la cama. De todos modos, esperó que se le acostumbrara la vista a la penumbra y que aparecieran los contornos de los muebles. A los pocos instantes pudo distinguir también al hombre sobre la cama. No estaba boca abajo, como tantas veces lo imaginó, sino de espaldas sobre las sábanas, vestido sólo con un calzoncillo, un brazo extendido y el otro sobre el pecho, un mechón de cabello sobre los ojos. Elena sintió que de pronto todo el miedo y la impaciencia acumulados durante esos días desaparecían por completo, dejándola limpia, con la tranquilidad de quien sabe lo que debe hacer. Le pareció que había vivido ese momento muchas veces; se dijo que no había nada que temer, se trataba sólo de una ceremonia algo diferente a las anteriores. Lentamente se quitó el uniforme de la escuela, pero no se atrevió a desprenderse también de sus bragas de algodón. Se acercó a la cama. Ya podía ver mejor a Bernal. Se sentó al borde, a poco trecho de la mano del hombre, procurando que su peso no marcara ni un pliegue más en las sábanas, se inclinó lentamente, hasta que su cara quedó a pocos centímetros de él y pudo sentir el calor de su respiración y el olor dulzón de su cuerpo, y con infinita prudencia se tendió a su lado, estirando cada pierna con cuidado para no despertarlo. Esperó, escuchando el silencio, hasta que se decidió a posar su mano sobre el vientre de él en una caricia casi imperceptible. Ese contacto provocó una oleada sofocante en su cuerpo, creyó que el ruido de su corazón retumbaba por toda la casa y despertaría al hombre. Necesitó varios minutos para recuperar el entendimiento y cuando comprobó que no se movía, relajó la tensión y apoyó la mano con todo el peso del brazo, tan liviano de todos modos, que no alteró el descanso de Bernal. Elena recordó los gestos que había visto a su madre y mientras introducía los dedos bajo el elástico de los calzoncillos buscó la boca del hombre y lo besó como lo había hecho tantas veces frente al espejo. Bernal gimió aún dormido y enlazó a la niña por el talle con un brazo, mientras su otra mano atrapaba la de ella para guiarla y su boca se abría para devolver el beso, musitando el nombre de la amante.

Elena lo oyó llamar a su madre, pero en vez de retirarse se apretó más contra él. Bernal la cogió por la cintura y se la subió encima, acomodándola sobre su cuerpo a tiempo que iniciaba los primeros movimientos del amor. Recién entonces, al sentir la fragilidad extrema de ese esqueleto de pájaro sobre su pecho, un chispazo de conciencia cruzó la algodonosa bruma del sueño y el hombre abrió los ojos. Elena sintió que el cuerpo de él se tensaba, se vio cogida por las costillas y rechazada con tal violencia que fue a dar al suelo, pero se puso de pie y volvió donde él para abrazarlo de nuevo. Bernal la golpeó en la cara y saltó de la cama, aterrado quién sabe por qué antiguas prohibiciones y pesadillas.

—¡Perversa, niña perversa! —gritó.

(De «Niña perversa», *Cuentos de Eva Luna*)

Andaba desesperado de amor, encendido por un calor brutal e incomprensible, asustado del tambor de su corazón, de la miel pegajosa en su saco de dormir, de los sueños turbulentos y de las sorpresas de su cuerpo, se le estiraban los huesos, le aparecían músculos, le crecían vellos y se le cocinaba la sangre en una calentura pertinaz. Bastaba un estímulo insignificante para estallar en un placer súbito, que lo dejaba consternado y medio desvanecido. El roce de una mujer en la calle, la vista de una pierna femenina, una escena del cine, una frase en un libro, hasta el trémulo asiento del tranvía, todo lo excitaba. Además de estudiar debía trabajar, sin embargo el cansancio no anulaba el deseo insondable de hundirse en un pantano, de perderse en el pecado, de padecer otra vez ese goce y esa muerte siempre demasiado breves. Los deportes y el baile lo ayudaban a liberar energía, pero se requería algo más drástico para acallar el bullicio de sus instintos. Tal como en la infancia se enamoró como un demente de Miss June, en la adolescencia padecía unos súbitos arrebatos pasionales por muchachas inaccesibles, por lo general mayores, a quienes no se atrevía a acercarse y se conformaba con adorar a la distancia. Un año más tarde alcanzó de un tirón su tamaño y peso definitivos, pero a los dieciséis era todavía un adolescente delgado, con las rodillas y las orejas demasiado grandes, algo patético, aunque se podía adivinar su buena pasta.

—Si te escapas de ser bandido o policía, serás actor de cine y las mujeres te adorarán —le prometía Olga para consolarlo cuando lo veía sufrir en el cilicio de su propia piel.

Fue ella quien lo rescató finalmente de los incandescentes suplicios de la castidad. Desde que Martínez lo acorraló en el cuarto de las escobas en la escuela primaria, lo asediaban dudas inconfesables respecto a su virilidad. No había vuelto a explorar a Ernestina Pereda ni a ninguna otra chica con el pretexto de jugar al médico y sus conocimientos sobre ese lado misterioso de la existencia eran vagos y contradictorios. Las migajas de información obtenidas a hurtadilla en la biblioteca sólo contribuían a desconcertarlo más, porque se estrellaban contra la experiencia de la calle, las chirigotas de los hermanos Morales y otros amigos, las prédicas del Padre, las revelaciones del cine y los sobresaltos de su fantasía. Se encerró en la soledad, negando con terca determinación las perturbaciones de su corazón y el desasosiego de su cuerpo, tratando de imitar a los castos caballeros de la Tabla Redonda o a los héroes del Lejano Oeste, pero a cada instante el ímpetu de su naturaleza lo traicionaba. Ese dolor sordo y esa confusión sin nombre lo doblegaron por un tiempo eterno, hasta que ya no pudo seguir soportando aquel martirio y si Olga no acude en su socorro habría terminado medio loco. La mujer lo vio nacer, había estado presente en todos los momentos importantes de su infancia, lo conocía como a un hijo, nada referente al muchacho escapaba a sus ojos y lo que no deducía por simple sentido común, lo adivinaba mediante su talento de nigromante, que en buenas cuentas consistía en el conocimiento del alma ajena, buen ojo para observar y desfachatez para improvisar consejos y profecías. En este caso no se requerían dotes de clarividencia para ver el estado de desamparo de Gregory. En aquella época Olga estaba en la cuarentena de su vida, las redondeces de la juventud se habían convertido en grasa y los trastrueques de su vocación gitana le habían marchitado la piel, pero mantenía su gracia y su estilo, el follaje de crines rojizos, el rumor de sus faldas y la risa vehemente. Todavía vivía en el mismo lugar, pero ya no ocupaba sólo una habitación, había comprado la propiedad para convertirla en su templo particular, donde disponía de un cuarto para las medicinas, el agua magnetizada y toda clase de hierbas, otro para masajes terapéuticos y abortos y una sala de buen tamaño para sesiones de espiritismo, magia y adivinación. A Gregory lo recibía siempre en la pieza encima del garaje. Ese día lo encontró demacrado y volvió a conmoverla esa ruda compasión que en los últimos tiempos era su sentimiento primordial hacia él.

—¿De quién estás enamorado ahora? —se rió.

—Quiero irme de este lugar de mierda —masculló Gregory con la cabeza entre las manos, derrotado por ese enemigo en el bajo vientre.

—¿Adónde piensas irte?

—A cualquier parte, al carajo, no me importa. Aquí no pasa nada, no se puede respirar, me estoy ahogando.

—No es el barrio, eres tú. Te estás ahogando en tu propio pellejo.

La adivina sacó del armario una botella de whisky, le escanció un buen chorro en el vaso y otro para ella, esperó que lo bebiera y le sirvió más. El muchacho no estaba acostumbrado al licor fuerte, hacía calor, las ventanas estaban cerradas y el aroma de incienso, hierbas medicinales y pachulí espesaba el aire. Aspiró el olor de Olga con un estremecimiento. En un instante de inspiración caritativa, la mujerona se le aproximó por detrás y lo envolvió en sus brazos, sus senos ya tristes se aplastaron contra su espalda, sus dedos cubiertos de baratijas desabotonaron a ciegas su camisa, mientras él se convertía en piedra, paralizado por la sorpresa y el miedo, pero entonces ella comenzó a besarlo en el cuello, a meterle la lengua en las orejas, a susurrarle palabras en ruso, a explorarlo con sus manos expertas, a tocarlo allí donde nadie lo había tocado nunca, hasta que él se abandonó con un sollozo, precipitándose por un acantilado sin fondo, sacudido de pavor y de anticipada dicha, y sin saber lo que hacía ni por qué lo hacía se volvió hacia ella, desesperado, rompiéndole la ropa en la urgencia, asaltándola como

54

un animal en celo, rodando con ella por el suelo, pateando para quitarse los pantalones, abriéndose camino entre las enaguas, penetrándola en un impulso de desolación y desplomándose enseguida con un grito, al tiempo que se vaciaba a borbotones, como si una arteria se le hubiera reventado en las entrañas. Olga lo dejó descansar un rato sobre su pecho, rascándole la espalda, como muchas veces lo había hecho cuando era niño, y apenas calculó que le empezaban los remordimientos se levantó y fue a cerrar las cortinas. Enseguida procedió a quitarse reposadamente la blusa rota y la falda arrugada.

—Ahora te enseñaré lo que nos gusta a las mujeres —le dijo con una sonrisa nueva—. Lo primero es no apurarse, hijo...

(De *El plan infinito*)

Primer amor

El primer amor es como la viruela, deja huellas imborrables.

(De *Hija de la fortuna*)

No hay edad para el primer amor. Puede ocurrir en cualquier momento de la vida y supongo que siempre será tan poderoso como el de Romeo y Julieta, esos enamorados de leyenda que durante quinientos años han servido de referencia para la pasión ardiente. Sin embargo, el amor de juventud tiene un grado de locura que no se da después: es exclusivo, ciego, trágico, una montaña rusa de emociones que van desde la exaltación alucinada hasta el pesimismo más hondo. La pareja creada por Shakespeare era muy joven. Aunque no está claro en la obra, el consenso general es que ella tenía trece años y él, quince; eso explicaría el lenguaje sublime para describirse mutuamente y la premura en suicidarse por partida doble. Si hubieran sido mayores tal vez habrían tenido más pudor con las metáforas y más apego a la existencia, pero a esa edad estaban ahogados en la tormenta de sus hormonas y no se les había desarrollado la parte del cerebro que calcula los riesgos y las consecuencias de cada acto. Comprendo esa enajenación de la adolescencia, porque la viví. El primer amor me golpeó como un garrotazo en el Líbano (el pelirrojo de orejas grandes de Bolivia y el joven libanés en motoneta con chófer, que he mencionado antes, fueron ideas románticas sin inquietud sexual). Yo tenía la misma edad de Julieta, trece años, y, como ella, me habría suicidado de buena gana, pero habría tenido que hacerlo sola, ya que mi Romeo no compartió la conmoción que a mí me sacudía. Eso no le restó fuerza ni durabilidad a mi desvarío. El objeto de mi obsesión fue un joven militar inglés destinado en Chipre que llegó a Beirut de vacaciones para una semana. Pasó como un cometa, iluminando mi monótona existencia con el resplandor de su uniforme, sus cigarrillos y su acento británico. El hecho de que apenas se percatara de mi existencia es lamentable, pero con la tozudez que me caracteriza, herencia de mis antepasados vascos, me propuse ver signos positivos donde no los había. Las migajas de atención que me dio ese soldado bastaron para alimentar mis fantasías amorosas y eróticas durante un par de años. Se puede crear un novelón con casi nada: los hechos no importan, sólo cuentan las emociones. He medido todos mis enamoramientos posteriores con la vara de ese primero y si bien he amado mucho, nunca más he estado dispuesta a quitarme la vida por un hombre que no me hace caso, como entonces.

Ese verano, cuando Blanca fue a pasar las vacaciones a Las Tres Marías, estuvo a punto de no reconocerlo, porque medía quince centímetros más y había dejado muy atrás al niño vientrudo que compartió con ella todos los veranos de la infancia. Ella se bajó del coche, se estiró la falda y por primera vez no corrió a abrazarlo, sino que le hizo una inclinación de cabeza a modo de saludo, aunque con los ojos le dijo lo que los demás no debían escuchar y que, por otra parte, ya le había dicho en su impúdica correspondencia en clave. La Nana observó la escena con el rabillo del ojo y sonrió burlona. Al pasar frente a Pedro Tercero le hizo una mueca.

—Aprende, mocoso, a meterte con los de tu clase y no con señoritas —se burló entre dientes.

Esa noche Blanca cenó con toda la familia en el comedor la cazuela de gallina con que siempre los recibían en Las Tres Marías, sin que se vislumbrara en ella ninguna ansiedad durante la prolongada sobremesa en que su padre bebía coñac y hablaba sobre vacas importadas y minas de oro. Esperó que su madre diera la señal de retirarse, luego se paró calmadamente, deseó las buenas noches a cada uno y se fue a su habitación. Por primera vez en su vida, le puso llave a la puerta. Se sentó en la cama sin quitarse la ropa y esperó en la oscuridad hasta que se acallaron las voces de los mellizos alborotando en el cuarto de al lado, los pasos de los sirvientes, las puertas, los cerrojos, y la casa se acomodó en el sueño. Entonces abrió la ventana y saltó, cayendo sobre las matas de hortensias que mucho tiempo atrás había plantado su tía Férula. La noche estaba clara, se oían los grillos y los sapos. Respiró profundamente y el aire le llevó el olor dulzón de los duraznos que se secaban en el patio para las conservas. Esperó que se acostumbraran sus ojos a la oscuridad y luego comenzó a avanzar, pero no pudo seguir más lejos, porque oyó los ladridos furibundos de los perros guardianes que soltaban en la noche. Eran cuatro mastines que se habían criado amarrados con cadenas y que pasaban el día encerrados, a quienes ella nunca había visto de cerca y sabía que no podrían reconocerla. Por un instante sintió que el pánico la hacía perder la cabeza y estuvo a punto de echarse a gritar, pero entonces se acordó que Pedro García, el viejo, le había dicho que los ladrones andan desnudos, para que no los ataquen los perros. Sin vacilar se despojó de su ropa con toda la rapidez que le permitieron sus nervios, se la puso bajo el brazo y siguió caminando con paso tranquilo, rezando para que las bestias no le olieran el miedo. Los vio abalanzarse ladrando y siguió adelante sin perder el ritmo de la marcha. Los perros se aproximaron, gruñendo desconcertados, pero ella no se detuvo. Uno, más audaz que los otros, se acercó a olerla. Recibió el vaho tibio de su aliento en la mitad de la espalda, pero no le hizo caso. Siguieron gruñendo y ladrando por un tiempo, la acompañaron un trecho y, por último, fastidiados, dieron media vuelta. Blanca suspiró aliviada y se dio cuenta que estaba temblando y cubierta de sudor, tuvo que apoyarse en un árbol y esperar hasta que pasara la fatiga que le había puesto las rodillas de lana. Después se vistió a toda prisa y echó a correr en dirección al río.

Pedro Tercero la esperaba en el mismo sitio donde se habían juntado el verano anterior y donde muchos años antes Esteban Trueba se había apoderado de la humilde virginidad de Pancha García. Al ver al muchacho, Blanca enrojeció violentamente. Durante los meses que habían estado separados, él se curtió en el duro oficio de hacerse hombre y ella, en cambio, estuvo recluida entre las paredes de su hogar y del colegio de monjas, preservada del roce de la vida, alimentando sueños románticos con palillos de tejer y lana de Escocia, pero la imagen de sus sueños no coincidía con ese joven alto que se acercaba murmurando su nombre. Pedro Tercero estiró la mano y le tocó el cuello a la altura de la oreja. Blanca sintió algo caliente que le recorría los huesos y le ablandaba las piernas, cerró los ojos y se abandonó. La atrajo con suavidad y la rodeó con sus brazos, ella hundió la nariz en el pecho de ese hombre que no conocía, tan diferente al niño flaco con quien se acariciaba hasta la extenuación pocos meses antes. Aspiró su nuevo olor, se frotó contra su piel áspera, palpó ese cuerpo enjuto y fuerte y sintió una grandiosa y completa paz, que en nada se parecía a la agitación que se había apoderado de él. Se buscaron con las lenguas, como lo hacían antes, aunque parecía una caricia recién inventada, cayeron hincados besándose con desesperación y luego rodaron sobre el blando lecho de tierra húmeda. Se descubrían por vez primera y no tenían nada que decirse. La luna recorrió todo el horizonte, pero ellos no la vieron, porque estaban ocupados en explorar su más profunda intimidad, metiéndose cada uno en el pellejo del otro, insaciablemente.

(De *La casa de los espíritus*)

Por fin una noche los jóvenes no se encontraron en la ermita, sino en la residencia de los Sommers. Para llegar a ese instante Eliza pasó por el tormento de infinitas dudas, porque comprendía que era un paso definitivo. Sólo por juntarse en secreto sin vigilancia perdía la honra, el más preciado tesoro de una muchacha, sin la cual no había futuro posible. «Una mujer sin virtud nada vale, nunca podrá convertirse en esposa y madre, mejor sería que se atara una piedra al cuello y se lanzara al mar», le habían machacado. Pensó que no tenía atenuante para la falta que iba a cometer, lo hacía con premeditación y cálculo. A las dos de la madrugada, cuando no quedaba un alma despierta en la ciudad y sólo rondaban los serenos oteando en la oscuridad, Joaquín Andieta se las arregló para introducirse como un ladrón por la terraza de la biblioteca, donde lo esperaba Eliza en camisa de dormir y descalza, tiritando de frío y ansiedad. Lo tomó de la mano y lo condujo a ciegas a través de la casa hasta un cuarto trasero, donde se guardaban en grandes armarios el vestuario de la familia y en cajas diversas los materiales para vestidos y sombreros, usados y vueltos a usar por Miss Rose a lo largo de los años. En el suelo, envueltas en trozos de lienzo, mantenían estiradas las cortinas de la sala y el comedor aguardando la próxima estación. A Eliza le pareció el sitio más seguro, lejos de las otras habitaciones. De todos modos, como precaución, había puesto valeriana en la copita de anisado, que Miss Rose bebía antes de dormir, y en la de brandy, que saboreaba Jeremy mientras fumaba su cigarro de Cuba después de cenar. Conocía cada centímetro de la casa, sabía exactamente dónde crujía el piso y cómo abrir las puertas para que no chirriaran, podía guiar a Joaquín en la oscuridad sin más luz que su propia memoria, y él la siguió, dócil y pálido de miedo, ignorando la voz de la conciencia, confundida con la de su madre, que le recordaba implacable el código de honor de un hombre decente. Jamás le haré a Eliza lo que mi padre le hizo a mi madre, se decía mientras avanzaba a tientas de la mano de la muchacha, sabiendo que toda consideración era inútil, pues ya estaba vencido por ese deseo impetuoso que no lo dejaba en paz desde la primera vez que la vio. Entretanto Eliza se debatía entre las voces de advertencia retumbando en su cabeza y el impulso del instinto, con sus prodigiosos artilugios. No tenía una idea clara de lo que ocurriría en el cuarto de los armarios, pero iba entregada de antemano.

La casa de los Sommers, suspendida en el aire como una araña a merced del viento, era imposible de mantener abrigada, a pesar de los braseros a carbón que las criadas encendían durante siete meses del año. Las sábanas estaban siempre húmedas por el aliento perseverante del mar y se dormía con botellas de agua caliente a los pies. El único lugar siempre tibio era la cocina, donde el fogón a leña, un artefacto enorme de múltiples usos, nunca se apagaba. Durante el invierno crujían las maderas, se desprendían tablas y el esqueleto de la casa parecía a punto de echarse a navegar, como una antigua fragata. Miss Rose nunca se acostumbró a las tormentas del Pacífico, igual como no pudo habituarse a los temblores. Los verdaderos terremotos, esos que ponían el mundo patas arriba, ocurrían más o menos cada seis años y en cada oportunidad ella demostró sorprendente sangre fría, pero el trepidar diario que sacudía la vida la ponía de pésimo humor. Nunca quiso colocar la porcelana y los vasos en repisas a ras de suelo, como hacían los chilenos, y cuando el mueble del comedor tambaleaba y sus platos caían en pedazos, maldecía al país a voz en cuello. En la planta baja se encontraba el cuarto de guardar donde Eliza y Joaquín se amaban sobre el gran paquete de cortinas de cretona floreada, que reemplazaban en verano los pesados cortinajes de terciopelo verde del salón. Hacían el amor rodeados de armarios solemnes, cajas de sombreros y bultos con los vestidos primaverales de Miss Rose. Ni el frío ni el olor a naftalina los mortificaba porque estaban más allá de los inconvenientes prácticos, más allá del miedo a las consecuencias y más allá de su propia torpeza de cachorros.

No sabían cómo hacer, pero fueron inventando por el

camino, atolondrados y confundidos, en completo silencio, guiándose mutuamente sin mucha destreza. A los veintiún años él era tan virgen como ella. Había optado a los catorce por convertirse en sacerdote para complacer a su madre, pero a los dieciséis se inició en las lecturas liberales, se declaró enemigo de los curas, aunque no de la religión, y decidió permanecer casto hasta cumplir el propósito de sacar a su madre del conventillo. Le parecía una retribución mínima por los innumerables sacrificios de ella. A pesar de la virginidad y del susto tremendo de ser sorprendidos, los jóvenes fueron capaces de encontrar en la oscuridad lo que buscaban. Soltaron botones, desataron lazos, se despojaron de pudores y se descubrieron desnudos bebiendo el aire y la saliva del otro. Aspiraron fragancias desaforadas, pusieron febrilmente esto aquí y aquello allá en un afán honesto de descifrar los enigmas, alcanzar el fondo del otro y perderse los dos en el mismo abismo. Las cortinas de verano quedaron manchadas de sudor caliente, sangre virginal y semen, pero ninguno de los dos se percató de esas señales del amor. En la oscuridad apenas podían percibir el contorno del otro y medir el espacio disponible para no derrumbar las pilas de cajas y las perchas de los vestidos en el estrépito de sus abrazos. Bendecían al viento y a la lluvia sobre los tejados, porque disimulaban los crujidos del piso, pero era tan atronador el galope de sus propios corazones y el arrebato de sus jadeos y suspiros de amor, que no entendían cómo no despertaba la casa entera.

En la madrugada Joaquín Andieta salió por la misma ventana de la biblioteca y Eliza regresó exangüe a su cama. Mientras ella dormía arropada con varias mantas, él echó dos horas caminando cerro abajo en la tormenta. Atravesó sigiloso la ciudad sin llamar la atención de la guardia, para llegar a su casa justo cuando echaban a volar las campanas de la iglesia llamando a la primera misa. Planeaba entrar discretamente, lavarse un poco, cambiar el cuello de la camisa y partir al trabajo con el traje mojado, puesto que no tenía otro, pero su madre lo aguardaba despierta con agua caliente para el mate y pan añejo tostado, como todas las mañanas.

—¿Dónde has estado, hijo? —le preguntó con tanta tristeza, que él no pudo engañarla.

—Descubriendo el amor, mamá —replicó, abrazándola radiante.

(De *Hija de la fortuna*)

A falta de otro lugar, los recién casados pasaron el único día y las dos noches de amor que tuvieron en el estrecho camarote de la goleta de Romeiro Toledano, sin sospechar que en un compartimiento secreto debajo del piso había un esclavo agazapado, que podía oírlos. La embarcación era la primera etapa del peligroso viaje a la libertad de muchos fugitivos. Zacharie y Fleur Hirondelle creían que la esclavitud iba a terminar pronto y entretanto ayudaban a los más desesperados que no podían esperar hasta entonces.

Esa noche Maurice y Rosette se amaron en una angosta litera de tablas, mecidos por las corrientes del delta, en la luz tamizada por una raída cortina de felpa roja, que cubría el ventanuco. Al principio se tocaban inseguros, con timidez, aunque habían crecido explorándose y no existía un solo rincón de sus almas cerrado para el otro. Habían cambiado y ahora tenían que aprender a conocerse de nuevo. Ante la maravilla de tener a Rosette en sus brazos, a Maurice se le olvidó lo poco que había aprendido en los corcoveos con Giselle, la embustera de Savannah. Temblaba. «Es por el tifus», dijo a modo de disculpa. Conmovida por esa dulce torpeza, Rosette tomó la iniciativa de empezar a desvestirse sin apuro, como le había enseñado Violette Boisier en privado. Al pensar en eso le dio tal ataque de risa, que Maurice creyó que se estaba burlando de él.

—No seas tonto, Maurice, cómo me voy a estar burlando de ti —replicó ella, secándose las lágrimas de risa—. Me estoy acordando de las clases de hacer el amor, que se le ocurrieron a madame Violette para las alumnas del *plaçage*.

—¡No me digas que les daba clases!

—Por supuesto, ¿o tú crees que la seducción se improvisa?

—¿*Maman* sabe de esto?

—Los detalles, no.

—¿Qué les enseñaba esa mujer?

—Poco, porque al final madame tuvo que desistir de las clases prácticas. Loula la convenció de que las madres no lo tolerarían y el baile se iría al diablo. Pero alcanzó a ensayar su método conmigo. Usaba bananas y pepinos para explicarme.

—Explicarte ¿qué? —exclamó Maurice, que empezaba a divertirse.

—Cómo sois los hombres y lo fácil que es manipularos, porque tenéis todo afuera. De alguna manera tenía que enseñarme, ¿no te parece? Yo nunca he visto un hombre desnudo, Maurice. Bueno, sólo a ti, pero entonces eras un mocoso.

—Supongamos que algo ha cambiado desde entonces —sonrió él—. Pero no esperes bananas o pepinos. Pecarías de optimista.

—¿No? Déjame ver.

En su escondite, el esclavo lamentó que no hubiera un hueco entre las tablas del piso para pegar el ojo. A las risas siguió un silencio que le pareció demasiado largo. ¿Qué estaban haciendo esos dos tan callados? No podía imaginarlo, porque en su experiencia el amor era más bien ruidoso. Cuando el barbudo capitán abrió la trampilla para que saliera a comer y estirar los huesos, aprovechando la oscuridad de la noche, el fugitivo estuvo a punto de decirle que no se molestara, que él podía esperar.

Romeiro Toledano previó que los recién casados, de acuerdo con la costumbre imperante, no saldrían de su aposento y, obedeciendo las órdenes de Zacharie, les llevó café y rosquillas, que dejó discretamente en la puerta del camarote. En circunstancias normales, Rosette y Maurice habrían pasado por lo menos tres días encerrados, pero ellos no contaban con tanto tiempo. Más tarde el buen capitán les dejó una bandeja con delicias del Mercado Francés que le había hecho llegar Tété: mariscos, queso, pan tibio, fruta, dulces y una botella de vino, que pronto unas manos arrastraron al interior.

En las horas demasiado cortas de ese único día y las dos noches que Rosette y Maurice pasaron juntos, se amaron con la ternura que habían compartido en la infancia y la pasión que ahora los encendía, improvisando una cosa y otra para darse mutuo contento. Eran muy jóvenes, estaban enamorados desde siempre y existía el incentivo terrible de que iban a separarse: no necesitaron para nada las instrucciones de Violette Boisier. En algunas pausas se dieron tiempo para hablar, siempre abrazados, de algunas cosas pendientes y planear su futuro inmediato. Lo único que les permitía soportar la separación era la certeza de que iban a reunirse pronto, apenas Maurice tuviera trabajo y un lugar donde recibir a Rosette.

Amaneció el segundo día y tuvieron que vestirse, besarse por última vez y salir recatadamente a enfrentar al mundo.

(De *La isla bajo el mar*)

Así lo recuerdo. Afuera los grillos y el canto del búho, adentro la luz de la luna alumbrando a rayas precisas su cuerpo dormido. ¡Tan joven! Cuídamelo, Erzuli, loa de las aguas más profundas, rogaba yo, sobando a mi muñeca, la que me dio mi abuelo Honoré y que entonces todavía me acompañaba. Ven, Erzuli, madre, amante, con tus collares de oro puro, tu capa de plumas de tucán, tu corona de flores y tus tres anillos, uno por cada esposo. Ayúdanos, loa de los sueños y las esperanzas. Protégelo de Cambray, hazlo invisible a los ojos del amo, hazlo cauteloso frente a otros, pero soberbio en mis brazos, acalla su corazón de bozal en la luz del día, para que sobreviva, y dale bravura por las noches, para que no pierda las ganas de la libertad. Míranos con benevolencia, Erzuli, loa de los celos. No nos envidies, porque esta dicha es frágil como alas de mosca. Él se irá. Si no se va, morirá, tú lo sabes, pero no me lo quites todavía, déjame acariciar su espalda delgada de muchacho antes de que se convierta en la de un hombre.

Era un guerrero, ese amor mío, como el nombre que le dio su padre, Gambo, que quiere decir guerrero. Yo susurraba su nombre prohibido cuando estábamos solos, Gambo, y esa palabra resonaba en mis venas. Le costó muchas palizas responder al nombre que le dieron aquí y ocultar su nombre verdadero. Gambo, me dijo, tocándose el pecho, la primera vez que nos amamos. Gambo, Gambo, repitió hasta que me atreví a decirlo. Entonces él hablaba en su lengua y yo le contestaba en la mía. Tardó tiempo en aprender créole y en enseñarme algo de su idioma, el que mi madre no alcanzó a darme, pero desde el comienzo no necesitamos hablar. El amor tiene palabras mudas, más transparentes que el río.

Gambo estaba recién llegado, parecía un niño, venía en los huesos, espantado. Otros cautivos más grandes y fuertes quedaron flotando a la deriva en el mar amargo, buscando la ruta hacia Guinea. ¿Cómo soportó él la travesía? Venía en carne viva por los azotes, el método de Cambray para quebrar a los nuevos, el mismo que usaba con los perros y los caballos. En el pecho, sobre el corazón, tenía la marca al rojo con las iniciales de la compañía negrera, que le pusieron en África antes de embarcarlo, y todavía no cicatrizaba. Tante Rose me indicó que le lavara las heridas con agua, mucha agua, y las cubriera con emplastos de hierba mora, aloe y manteca. Debían cerrar de adentro hacia fuera. En la quemadura, nada de agua, sólo grasa. Nadie sabía curar como ella, hasta el doctor Parmentier pretendía averiguar sus secretos y ella se los daba, aunque sirvieran para aliviar a otros blancos, porque el conocimiento viene de Papa Bondye, pertenece a todos, y si no se comparte se pierde. Así es. En esos días ella estaba ocupada con los esclavos que llegaron enfermos y a mí me tocó curar a Gambo.

La primera vez que lo vi estaba tirado boca abajo en el hospital de esclavos, cubierto de moscas. Lo incorporé con dificultad para darle un chorro de tafia y una cucharadita de las gotas del ama, que me había robado de su frasco azul.

Enseguida comencé la tarea ingrata de limpiarlo. Las heridas no estaban demasiado inflamadas, porque Cambray no pudo echarles sal y vinagre, pero el dolor debía de ser terrible. Gambo se mordía los labios, sin quejarse. Después me senté a su lado para cantarle, ya que no conocía palabras de consuelo en su lengua. Quería explicarle cómo se hace para no provocar a la mano que empuña el látigo, cómo se trabaja y se obedece, mientras se va alimentando la venganza, esa hoguera que arde por dentro. Mi madrina convenció a Cambray de que el muchacho tenía peste y más valía dejarlo solo, no fuera a dársela a los demás de la cuadrilla. El jefe de capataces la autorizó para instalarlo en su cabaña, porque no perdía las esperanzas de que Tante Rose se contagiara de alguna fiebre fatal, pero ella era inmune, tenía un trato con Légbé, el loa de los encantamientos. Entretanto yo empecé a soplarle al amo la idea de poner a Gambo en la cocina. No iba a durar nada en los cañaverales, porque el jefe de capataces lo tenía en la mira desde el principio.

Tante Rose nos dejaba solos en su cabaña durante las curaciones. Adivinó. Y al cuarto día sucedió. Gambo estaba tan abrumado por el dolor y por lo mucho que había perdido —su tierra, su familia, su libertad— que quise abrazarlo como habría hecho su madre. El cariño ayuda a sanar. Un movimiento condujo al siguiente y me fui deslizando debajo de él sin tocarle las espaldas, para que apoyara la cabeza en mi pecho. Le ardía el cuerpo, todavía estaba muy afiebrado, no creo que supiera lo que hacíamos. Yo no conocía el amor. Lo que hacía conmigo el amo era oscuro y vergonzoso, así se lo dije, pero no me creía. Con el amo mi alma, mi *ti-bon-ange*, se desprendía y se iba volando a otra parte y sólo mi *corps-cadavre* estaba en esa cama. Gambo. Su cuerpo liviano sobre el mío, sus manos en mi cintura, su aliento en mi boca, sus ojos mirándome desde el otro lado del mar, desde Guinea, eso era amor. Erzuli, loa del amor, sálvalo de todo mal, protégelo. Así clamaba yo.

(De *La isla bajo el mar*)

La pasión

¿Qué enciende la pasión? La propia fantasía, supongo. ¿Qué la apaga? La rutina, si uno se descuida, y la pobreza.

(De *Vida y espíritu*)

Hace unos años me tocó hablar en una conferencia de bibliotecarios en California. Cuando terminé mi charla y pasamos a las preguntas, una mano femenina se alzó de inmediato. La mujer, que calzaba a la perfección con el exagerado estereotipo de la bibliotecaria —madura, entrada en carnes, desaliñada—, me preguntó, con las mejillas arreboladas, si acaso las escenas eróticas de mis libros estaban basadas en mi propia experiencia. Recorrí con la vista el enorme salón, donde dos mil personas de buen corazón y mejor voluntad esperaban una respuesta, y comprendí que, a diferencia de mis colegas masculinos que se jactan de aventuras que nunca vivieron, yo debía ser honesta. «De experiencia, nada. Sólo investigación y fantasía. No se preocupen, ustedes no se han perdido nada», dije. Un audible suspiro de alivio brotó de la concurrencia.

En una época tuve un largo amor clandestino, una relación hecha de risa y sensualidad, que inspiró varias de esas escenas en mis libros, pero a la hora de escribir cuenta más la imaginación que la memoria: escribo lo que me gustaría experimentar. La magia de mi oficio me permite vivir las vidas de mis protagonistas y el placer de describir lenta y cuidadosamente un encuentro erótico supera con creces el placer de vivirlo. Además, al escribir tengo el placer añadido de compartir la experiencia con mis posibles lectores. Me propongo estimular los sentidos de esos lectores con olores, texturas, sabores, con detalles del lugar donde mis protagonistas se aman, con las palabras que murmuran. Eso me parece más excitante que un relato realista del coito: quién puso qué y dónde. Sin embargo, hay ocasiones en que esas precisiones son inevitables, porque revelan algo fundamental sobre los personajes, como en el caso de la cortesana, Violette Boisier, en la escena de *La isla bajo el mar*, seleccionada para este capítulo (viene al caso explicar que también en las escenas de violencia, como tortura, o violaciones, que figuran a menudo en mis libros, prefiero sugerir que dar detalles; así engancho la imaginación del lector).

Dice Willie, mi actual marido, que se requeriría un regimiento para cumplir mis fantasías eróticas, pero eso es una exageración; mis fantasías, como las escenas sensuales de mis novelas, son recurrentes y simples, nada de perversiones, de mútiples participantes ni de adminículos mecánicos o electrónicos. Me ha faltado oportunidad para probar las nuevas tendencias, como el sexo tántrico, que se ha puesto de moda. No logré convencer a Willie de que tomáramos una clase: dijo que está muy viejo para colgarse de la lámpara. Le expliqué que no se trata de ejercicio aeróbico, sino echar mano de incienso, música de cítara, plumas de pavo real y aceite aromático, pero eso le interesó aún menos que la lámpara.

Esa noche, la vida de Pedro de Valdivia y la mía se definieron. Habíamos andado en círculos por años, buscándonos a ciegas, hasta encontrarnos al fin en el patio de esa casita en la calle del Templo de las Vírgenes. Agradecida, le invité a entrar a mi modesta sala, mientras Catalina iba a buscar un vaso de vino, que en mi casa no faltaba, para agasajarlo. Antes de esfumarse en el aire, como era su costumbre, Catalina me hizo una señal a espaldas de mi huésped y así supe que se trataba del hombre que ella había vislumbrado en sus conchitas de adivinar. Sorprendida, porque nunca imaginé que la suerte me asignaría a alguien tan importante como Valdivia, procedí a estudiarlo de pies a cabeza en la luz amarilla de la lámpara. Me gustó lo que vi: ojos azules como el cielo de Extremadura, facciones viriles, rostro abierto aunque severo, fornido, buen porte de guerrero, manos endurecidas por la espada pero de dedos largos y elegantes. Un hombre entero, como él, sin duda era un lujo en las Indias, donde tantos hay marcados por horrendas cicatrices o carentes de ojos, narices y hasta miembros. ¿Y qué vio él? Una mujer delgada, de mediana estatura, con el cabello suelto y desordenado, ojos castaños, cejas gruesas, descalza, cubierta por un camisón de tela ordinaria. Mudos, nos miramos durante una eternidad sin poder apartar los ojos. Aunque la noche estaba fría, la piel me quemaba y un hilo de sudor me corría por la espalda. Sé que a él lo sacudía la misma tormenta, porque el aire de la habitación se volvió denso. Catalina surgió de la nada con el vino, pero al percibir lo que nos ocurría, desapareció para dejarnos solos.

Después Pedro me confesaría que esa noche no tomó la iniciativa en el amor porque necesitaba tiempo para calmarse y pensar. «Al verte sentí miedo por primera vez en mi vida», me diría mucho más tarde. No era hombre de mancebas ni concubinas, no se le conocían amantes y nunca tuvo relaciones con indias, aunque supongo que alguna vez las tuvo con mujeres de alquiler. A su manera, había sido siempre fiel a Marina Ortiz de Gaete, con quien estaba en falta, porque la enamoró a los trece años, no la hizo feliz y la abandonó para lanzarse a la aventura de las Indias. Se sentía responsable por ella ante Dios. Pero yo era libre, y aunque Pedro hubiese tenido media docena de esposas, igual lo habría amado, era inevitable. Él tenía casi cuarenta años y yo alrededor de treinta, ninguno de los dos podía perder tiempo, por eso me dispuse a conducir las cosas por el debido cauce.

¿Cómo llegamos a abrazarnos tan pronto? ¿Quién estiró la mano primero? ¿Quién buscó los labios del otro para el beso? Seguramente fui yo. Apenas pude sacar la voz para romper el silencio cargado de intenciones en que nos mirábamos, le anuncié sin preámbulos que lo estaba aguardando desde hacía mucho tiempo, porque lo había visto en sueños y en las cuentas y conchas de adivinar, que estaba dispuesta a amarlo para siempre y otras promesas, sin guardarme nada y sin pudor. Pedro retrocedió, rígido, pálido, hasta dar con las espaldas contra la pared. ¿Qué mujer cuerda habla así a un desconocido? Sin embargo, él no pensó que yo hubiera perdido el juicio o que fuera una ramera suelta en el Cuzco, porque él también sentía en los huesos y en las cavernas del alma la certeza de que habíamos nacido para amarnos. Exhaló un suspiro, casi un sollozo, y murmuró mi nombre con la voz quebrada. «También te he aguardado siempre», parece que me dijo. O tal vez no lo dijo. Supongo que en el transcurso de la vida embellecemos algunos recuerdos y procuramos olvidar otros. De lo que sí estoy segura es que esa misma noche nos amamos y desde el primer abrazo nos consumió el mismo ardor.

Pedro de Valdivia se había formado en el estruendo de la guerra, nada sabía de amor, pero estaba listo para recibirlo cuando éste llegó. Me levantó en brazos y me llevó a mi cama de cuatro trancos largos, donde caímos derribados, él encima de mí, besándome, mordiéndome, mientras se desprendía a tirones del jubón, las calzas, las botas, las medias, desesperado, con los bríos de un muchacho. Le dejé hacer lo que quiso, para que se desahogara; ¿cuánto tiempo había pasado sin mujer? Le estreché contra mi pecho, sintiendo los latidos de su corazón, su calor animal, su olor de hombre. Pedro tenía mucho que aprender, pero no había prisa, contábamos con el resto de nuestras vidas y yo era buena maestra, al menos eso podía agradecer a Juan de Málaga. Una vez que Pedro comprendió que a puerta cerrada mandaba yo y que no había deshonor en ello, se dispuso a obedecerme de excelente humor. Esto demoró algún tiempo, digamos cuatro o cinco horas, porque él creía que la entrega corresponde a la hembra y la dominación al macho, así lo había visto en los animales y aprendido en su oficio de soldado, pero no en vano Juan de Málaga había pasado años enseñándome a conocer mi cuerpo y el de los hombres. No sostengo que todos sean iguales, pero se parecen bastante, y con un mínimo de intuición cualquier mujer puede darles contento. A la inversa no es lo mismo; pocos hombres saben satisfacer a una mujer y aún menos son los que están interesados en hacerlo. Pedro tuvo la inteligencia de dejar su espada al otro lado de la puerta y rendirse ante mí. Los detalles de esa primera noche no importan demasiado, basta decir que ambos descubrimos el verdadero amor, porque hasta entonces no habíamos experimentado la fusión del cuerpo y del alma. Mi relación con Juan fue carnal, y la de él con Marina, espiritual; la nuestra llegó a ser completa.

Valdivia permaneció encerrado en mi casa durante dos días. En ese tiempo no se abrieron los postigos, nadie hizo empanadas, las indias anduvieron calladas y de puntillas, y Catalina se las arregló para alimentar a los mendigos con sopa de maíz. La fiel mujer nos traía vino y comida a la cama; también preparó una tinaja con agua caliente para que nos laváramos, costumbre peruana que ella me había enseñado. Como todo español de origen, Pedro creía que el baño es peligroso, produce debilitamiento de los pulmones y adelgaza la sangre, pero le aseguré que la gente del Perú se bañaba a diario y nadie tenía los pulmones blandos ni la sangre aguada. Ese par de días se nos fueron en un suspiro contándonos el pasado y amándonos en un quemante torbellino, una entrega que nunca alcanzaba a ser suficiente, un deseo demente de fundirnos en el otro, morir y morir, «¡Ay, Pedro!». «¡Ay, Inés!» Nos desplomábamos juntos, quedábamos enlazados de piernas y brazos, exhaustos, bañados en el mismo sudor, hablando en susurros. Luego renacía el deseo con más intensidad entre las sábanas mojadas; olor a hombre —hierro, vino y caballo—, olor a mujer —cocina, humo y mar—, fragancia de ambos, única e inolvidable, hálito de selva, caldo espeso. Aprendimos a elevarnos hacia el cielo y a gemir juntos, heridos por el mismo latigazo, que nos suspendía al borde de la muerte y por último nos sumergía en un letargo profundo. Una y otra vez despertábamos listos para inventar de nuevo el amor, hasta que llegó el alba del tercer día, con su alboroto de gallos y el aroma del pan. Entonces Pedro, transformado, pidió su ropa y su espada.

(De *Inés del alma mía*)

Había conocido a Violette un par de años antes, en pleno mercado del domingo, en medio del griterío de los vendedores y el apelotonamiento de gente y animales. En un mísero teatro, que consistía sólo en una plataforma techada con un toldo de trapos morados, se pavoneaba un tipo de exagerados bigotes y tatuado de arabescos, mientras un niño pregonaba a grito suelto sus virtudes como el más portentoso mago de Samarcanda. Aquella patética función no habría atraído al capitán sin la luminosa presencia de Violette. Cuando el mago solicitó un voluntario del público, ella se abrió paso entre los mirones y subió al entarimado con entusiasmo infantil, riéndose y saludando con su abanico. Había cumplido recién quince años, pero ya tenía el cuerpo y la actitud de una mujer experimentada, como solía ocurrir en ese clima donde las niñas, como la fruta, maduraban pronto. Obedeciendo las instrucciones del ilusionista, Violette procedió a acurrucarse dentro de un baúl pintarrajeado de símbolos egipcios. El pregonero, un negrito de diez años disfrazado de turco, cerró la tapa con dos candados macizos, y otro espectador fue llamado para comprobar su firmeza. El de Samarcanda hizo algunos pases con su capa y enseguida le entregó dos llaves al voluntario para abrir los candados. Al levantar la tapa del baúl se vio que la chica ya no estaba adentro, pero momentos más tarde un redoble de tambores del negrito anunció su prodigiosa aparición detrás del público. Todos se volvieron para admirar boquiabiertos a la chica que se había materializado de la nada y se abanicaba con una pierna sobre un barril.

Desde la primera mirada Étienne Relais supo que no podría arrancarse del alma a esa muchacha de miel y seda. Sintió que algo estallaba en su cuerpo, se le secó la boca y perdió el sentido de orientación. Necesitó hacer un esfuerzo para volver a la realidad y darse cuenta de que estaba en el mercado rodeado de gente. Tratando de controlarse, aspiró a bocanadas la humedad del mediodía y la fetidez de pescados y carnes macerándose al sol, fruta podrida, basura y mierda de animales. No sabía el nombre de la bella, pero supuso que sería fácil averiguarlo, y dedujo que no estaba casada, porque ningún marido le permitiría exponerse con tal desenfado. Era tan espléndida que todos los ojos estaban clavados en ella, de modo que nadie salvo Relais, entrenado para observar hasta el menor detalle, se fijó en el truco del ilusionista. En otras circunstancias tal vez habría desenmascarado el doble fondo del baúl y la trampa en la tarima, por puro afán de precisión, pero supuso que la muchacha participaba como cómplice del mago y prefirió evitarle un mal rato. No se quedó para ver al gitano tatuado sacar un mono de una botella ni decapitar a un voluntario, como anunciaba el niño pregonero. Apartó a la multitud a codazos y partió detrás de la muchacha, que se alejaba deprisa del brazo de un hombre de uniforme, posiblemente un soldado de su regimiento. No la alcanzó, porque lo detuvo en seco una negra de brazos musculosos cubiertos de pulseras ordinarias, que se le plantó al frente y le advirtió que se pusiera en la cola, porque no era el único interesado en su ama, Violette Boisier. Al ver la expresión desconcertada del capitán, se inclinó para susurrarle al oído el monto de la propina necesaria para que ella lo colocara en primer lugar entre los clientes de la semana. Así se enteró de que se había prendado de una de aquellas cortesanas que le daban fama a Le Cap.

Relais se presentó por primera vez en el apartamento de Violette Boisier tieso dentro de su uniforme recién planchado, con una botella de champán y un modesto regalo. Depositó el pago donde Loula le indicó y se dispuso a jugarse el futuro en dos horas. Loula desapareció discretamente y se quedó solo, sudando en el aire caliente de la salita atiborrada de muebles, levemente asqueado por el aroma dulzón de los mangos maduros que descansaban en un plato. Violette no se hizo esperar más de un par de minutos. Entró deslizándose silenciosa y le tendió las dos manos, mientras lo estudiaba con los párpados entrecerrados y una vaga sonrisa. Relais tomó esas manos largas y finas entre las suyas sin saber cuál era el paso siguiente. Ella se desprendió, le acarició la cara, halagada de que se hubiese afeitado para ella, y le indicó que abriera la botella. Saltó el corcho y la espuma de champán salió a presión antes de que ella alcanzara a poner la copa, mojándole la muñeca. Se pasó los dedos húmedos por el cuello y Relais sintió el impulso de lamer las gotas que brillaban en esa piel perfecta, pero estaba clavado en su sitio, mudo, desprovisto de voluntad.

Ella sirvió la copa y la dejó, sin probarla, sobre una mesita junto al diván, luego se aproximó y con dedos expertos le desabotonó la gruesa casaca del uniforme. «Quítatela, hace calor. Y las botas también», le indicó, alcanzándole una bata china con garzas pintadas. A Relais le pareció impropia, pero se la puso sobre la camisa, lidiando con un enredo de mangas anchas, y luego se sentó en el diván, angustiado. Tenía costumbre de mandar, pero comprendió que entre esas cuatro paredes mandaba Violette. Las rendijas de la persiana dejaban entrar el ruido de la plaza y la última luz del sol, que se colaba en cuchilladas verticales, alumbrando la salita. La joven llevaba una túnica de seda color esmeralda ceñida a la cintura por un cordón dorado, zapatillas turcas y un complicado turbante bordado con mostacillas. Un mechón de cabello negro ondulado le caía sobre la cara. Violette bebió un sorbo de champán y le ofreció la misma copa, que él vació de un trago anhelante, como un náufrago. Ella volvió a llenarla y la sostuvo por el delicado tallo, esperando, hasta que él la llamó a su lado en el diván. Ésa fue la última iniciativa de

Relais; a partir de ese momento ella se encargó de conducir el encuentro a su manera.

Violette había aprendido a complacer a sus amigos en el tiempo estipulado sin dar la sensación de estar apurada. Tanta coquetería y burlona sumisión en aquel cuerpo de adolescente desarmó por completo a Relais. Ella desató lentamente la larga tela del turbante, que cayó con un tintineo de mostacillas en el suelo de madera, y sacudió la cascada oscura de su melena sobre los hombros y la espalda. Sus movimientos eran lánguidos, sin ninguna afectación, con la frescura de una danza. Sus senos no habían alcanzado aún su tamaño definitivo y sus pezones levantaban la seda verde, como piedrecillas. Debajo de la túnica estaba desnuda. Relais admiró ese cuerpo de mulata, las piernas firmes de tobillos finos, el trasero y los muslos gruesos, la cintura quebrada, los dedos elegantes, curvados hacia atrás, sin anillos. Su risa comenzaba con un ronroneo sordo en el vientre y se elevaba de a poco, cristalina, escandalosa, con la cabeza alzada, el cabello vivo y el cuello largo, palpitante. Violette partió con un cuchillito de plata un pedazo de mango, se lo puso en la boca con avidez y un hilo de jugo le cayó en el escote, húmedo de sudor y champán. Con un dedo recogió el rastro de la fruta, una gota ambarina y espesa, y se la frotó en los labios a Relais, mientras se sentaba a horcajadas sobre sus piernas con la liviandad de un felino. La cara del hombre quedó entre sus senos, olorosos a mango. Ella se inclinó, envolviéndolo en su cabello salvaje, lo besó de lleno en la boca y le pasó con la lengua el trozo de la fruta que había mordido. Relais recibió la pulpa masticada con un escalofrío de sorpresa: jamás había experimentado nada tan íntimo, tan chocante y maravilloso. Ella le lamió la barbilla, le tomó la cabeza a dos manos y lo cubrió de besos rápidos, como picotazos de pájaro, en los párpados, las mejillas, los labios, el cuello, jugando, riéndose. El hombre le rodeó la cintura y con manos desesperadas le arrebató la túnica, revelando a esa muchacha esbelta y almizclada, que se plegaba, se fundía, se desmigajaba contra los apretados huesos y los duros músculos de su cuerpo de soldado curtido en batallas y privaciones. Quiso levantarla en brazos para conducirla al lecho, que podía ver en la habitación contigua, pero Violette no le dio tiempo; sus manos de odalisca abrieron la bata de las garzas y bajaron las calzas, sus opulentas caderas culebrearon encima de él sabiamente hasta que se ensartó en su miembro pétreo con un hondo suspiro de alegría. Étienne Relais sintió que se sumergía en un pantano de deleite, sin memoria ni voluntad. Cerró los ojos, besando esa boca suculenta, saboreando el aroma del mango, mientras recorría con sus callosas manos de soldado la suavidad imposible de esa piel y la abundante riqueza de esos cabellos. Se hundió en ella, abandonándose al calor, el sabor y el olor de esa joven, con la sensación de que por fin había encontrado su lugar en este mundo, después de tanto andar solo y a la deriva. En pocos minutos estalló como un adolescente atolondrado, con un chorro espasmódico y un grito de frustración por no haberle dado placer a ella, porque deseaba, más que nada en su vida, enamorarla. Violette esperó que terminara, inmóvil, mojada, acezando, montada encima, con la cara hundida en el hueco de su hombro, murmurando palabras incomprensibles.

Relais no supo cuánto rato estuvieron así abrazados, hasta que volvió a respirar con normalidad y se despejó un poco la densa bruma que lo envolvía, entonces se dio cuenta de que todavía estaba dentro de ella, bien sujeto por esos músculos elásticos que lo masajeaban rítmicamente, apretando y soltando. Alcanzó a preguntarse cómo había aprendido esa niña aquellas artes de avezada cortesana antes de perderse nuevamente en el magma del deseo y la confusión de un amor instantáneo. Cuando Violette lo sintió de nuevo firme, le rodeó la cintura con las piernas, cruzó los pies a su espalda y le indicó con un gesto la habitación de al lado. Relais la llevó en brazos, siempre clavada en su miembro, y cayó con ella en la cama, donde pudieron gozarse como les dio la gana hasta muy entrada la noche, varias horas más de lo estipulado por Loula. La mujerona entró un par de veces dispuesta a poner fin a esa exageración, pero Violette, ablandada al ver que ese militar fogueado sollozaba de amor, la despachó sin contemplaciones.

El amor, que no había conocido antes, volteó a Étienne Relais como una tremenda ola, pura energía, sal y espuma. Calculó que no podía competir con otros clientes de aquella muchacha, más guapos, poderosos o ricos, y por eso decidió al amanecer ofrecerle lo que pocos hombres blancos estarían dispuestos a darle: su apellido. «Cásate conmigo», le pidió entre dos abrazos. Violette se sentó de piernas cruzadas sobre la cama, con el cabello húmedo pegado en la piel, los ojos incandescentes, los labios hinchados de besos. La alumbraban los restos de tres velas moribundas, que los habían acompañado en sus interminables acrobacias. «No tengo pasta de esposa», le contestó y agregó que todavía no había sangrado con los ciclos de la luna y según Loula ya era tarde para eso, nunca podría tener hijos. Relais sonrió, porque los niños le parecían un estorbo.

—Si me casara contigo estaría siempre sola, mientras tú andas en tus campañas. Entre los blancos no tengo lugar y mis amigos me rechazarían porque te tienen miedo, dicen que eres sanguinario.

—Mi trabajo lo exige, Violette. Así como el médico amputa un miembro gangrenado, yo cumplo con mi obligación para evitar un mal mayor, pero jamás le he hecho daño a nadie sin tener una buena razón.

—Yo puedo darte toda clase de buenas razones. No quiero correr la misma suerte de mi madre.

—Nunca tendrás que temerme, Violette —dijo Relais sujetándola por los hombros y mirándola a los ojos por un largo momento.

—Así lo espero —suspiró ella al fin.

—Nos casaremos, te lo prometo.

—Tu sueldo no alcanza para mantenerme. Contigo me faltaría de todo: vestidos, perfumes, teatro y tiempo para perder. Soy perezosa, capitán, ésta es la única forma en que puedo ganarme la vida sin arruinarme las manos y no me durará mucho tiempo más.

—¿Cuántos años tienes?

—Pocos, pero este oficio es de corto aliento. Los hombres se cansan con las mismas caras y los mismos culos. Debo sacarle provecho a lo único que tengo, como dice Loula.

(De *La isla bajo el mar*)

Los enamorados probaron uno por uno los cuartos abandonados y terminaron improvisando un nido para sus amores furtivos en las profundidades del sótano. Hacía varios años que Alba no entraba allí y llegó a olvidar su existencia, pero en el momento en que abrió la puerta y respiró el inconfundible olor, volvió a sentir la mágica atracción de antes. Usaron los trastos, los cajones, la edición del libro del tío Nicolás, los muebles y los cortinajes de otros tiempos para acomodar una sorprendente cámara nupcial. Al centro improvisaron una cama con varios colchones, que cubrieron con unos pedazos de terciopelo apolillado. De los baúles extrajeron incontables tesoros. Hicieron sábanas con viejas cortinas de damasco color topacio, descosieron el suntuoso vestido de encaje de Chantilly que usó Clara el día en que murió Barrabás, para hacer un mosquitero color del tiempo, que los preservara de las arañas que se descolgaban bordando desde el techo. Se alumbraban con velas y hacían caso omiso de los pequeños roedores, del frío y de ese tufillo de ultratumba. En el crepúsculo eterno del sótano, andaban desnudos, desafiando a la humedad y a las corrientes de aire. Bebían vino blanco en copas de cristal que Alba sustrajo del comedor y hacían un minucioso inventario de sus cuerpos y de las múltiples posibilidades del placer. Jugaban como niños. A ella le costaba reconocer en ese joven enamorado y dulce que reía y retozaba en una inacabable bacanal, al revolucionario ávido de justicia que aprendía, en secreto, el uso de las armas de fuego y las estrategias revolucionarias. Alba inventaba irresistibles trucos de seducción y Miguel creaba nuevas y maravillosas formas de amarla. Estaban deslumbrados por la fuerza de su pasión, que era como un embrujo de sed insaciable. No alcanzaban las horas ni las palabras para decirse los más íntimos pensamientos y los más remotos recuerdos, en un ambicioso intento de poseerse mutuamente hasta la última estancia. Alba descuidó el violoncelo, excepto para tocarlo desnuda sobre el lecho de topacio, y asistía a sus clases en la universidad con un aire alucinado. Miguel también postergó su tesis y sus reuniones políticas, porque necesitaban estar juntos a toda hora y aprovechaban la menor distracción de los habitantes de la casa para deslizarse hacia el sótano. Alba aprendió a mentir y disimular. Pretextando la necesidad de estudiar de noche, dejó el cuarto que compartía con su madre desde la muerte de su abuela y se instaló en una habitación del primer piso que daba al jardín, para poder abrir la ventana a Miguel y llevarlo en puntillas a través de la casa dormida, hasta la guarida encantada. Pero no sólo se juntaban en las noches. La impaciencia del amor era a veces tan intolerable, que Miguel se arriesgaba a entrar de día, arrastrándose entre los matorrales, como un ladrón, hasta la puerta del sótano, donde lo esperaba Alba con el corazón en un hilo. Se abrazaban con la desesperación de una despedida y se escabullían a su refugio sofocados de complicidad.

Por primera vez en su vida, Alba sintió la necesidad de ser hermosa y lamentó que ninguna de las espléndidas mujeres de su familia le hubiera legado sus atributos, y la única que lo hizo, la bella Rosa, sólo le dio el tono de algas marinas a su pelo, lo cual, si no iba acompañado por todo lo demás, parecía más bien un error de peluquería. Cuando Miguel adivinó su inquietud, la llevó de la mano hasta el gran espejo veneciano que adornaba un rincón de su cámara secreta, sacudió el polvo del cristal quebrado y luego encendió todas las velas que tenía y las puso a su alrededor. Ella se miró en los mil pedazos rotos del espejo. Su piel, iluminada por las velas, tenía el color irreal de las figuras de cera. Miguel comenzó a acariciarla y ella vio transformarse su rostro en el caleidoscopio del espejo y aceptó al fin que era la más bella de todo el universo, porque pudo verse con los ojos que la miraba Miguel.

(De *La casa de los espíritus*)

Juan era uno de esos hombres guapos y alegres al que ninguna mujer se resiste al principio pero que después desea que se lo hubiera llevado otra, porque causan mucho sufrimiento. No se daba la molestia de ser seductor, tal como no se daba ninguna otra, porque bastaba su presencia de chulo fino para excitar a las mujeres; desde los catorce años, edad en que empezó a explotar sus encantos, vivió de ellas. Riéndose, decía que había perdido la cuenta de los hombres a quienes sus mujeres habían puesto cuernos por su culpa y las ocasiones en que escapó enjabonado de un marido celoso. «Pero eso se ha acabado ahora que estoy contigo, vida mía», agregaba para tranquilizarme, mientras con el rabillo del ojo espiaba a mi hermana. Su apostura y simpatía también le ganaban el aprecio de los hombres; era buen bebedor y jugador, y poseía un repertorio infinito de cuentos atrevidos y planes fantásticos para hacer dinero fácil. Pronto comprendí que su mente estaba fija en el horizonte y en el mañana, siempre insatisfecha. Como tantos otros en aquella época, se nutría de las historias fabulosas del Nuevo Mundo, donde los mayores tesoros y honores se hallaban al alcance de los valientes que estaban dispuestos a correr riesgos. Se creía destinado a grandes hazañas, como Cristóbal Colón, quien se echó a la mar con su coraje como único capital y se encontró con la otra mitad del mundo, o Hernán Cortés, quien obtuvo la perla más preciosa del imperio español, México.

—Dicen que todo está descubierto en esas partes del mundo —argumentaba yo, con ánimo de disuadirle.

—¡Qué ignorante eres, mujer! Falta por conquistar mucho más de lo ya conquistado. De Panamá hacia el sur es tierra virgen y contiene más riquezas que las de Solimán.

Sus planes me horrorizaban porque significaban que tendríamos que separarnos. Además, había oído de boca de mi abuelo, quien a su vez lo sabía por comentarios escuchados en las tabernas, que los aztecas de México hacían sacrificios humanos. Se formaban filas de una legua de largo, miles y miles de infelices cautivos esperaban su turno para trepar por las gradas de los templos, donde los sacerdotes —espantajos desgreñados, cubiertos por una costra de sangre seca y chorreando sangre fresca— les arrancaban el corazón con un cuchillo de obsidiana. Los cuerpos rodaban por las gradas y se amontonaban abajo; pilas de carne en descomposición. La ciudad se asentaba en un lago de sangre; las aves de rapiña, hartas de carne humana, eran tan pesadas que no podían volar, y las ratas carnívoras alcanzaban el tamaño de perros pastores. Ningún español desconocía estos hechos, pero eso no amedrentaba a Juan.

Mientras yo bordaba y cosía desde la madrugada hasta la medianoche, ahorrando para casarnos, los días de Juan transcurrían en tabernas y plazas, seduciendo a doncellas y meretrices por igual, entreteniendo a los parroquianos y soñando con embarcarse a las Indias, único destino posible para un hombre de su envergadura, según sostenía. A veces se perdía por semanas, incluso meses, y regresaba sin dar explicaciones. ¿Adónde iba? Nunca lo dijo, pero, como hablaba tanto de cruzar el mar, la gente se burlaba de él y me llamaba «novia de Indias». Soporté su conducta errática con más paciencia de la recomendable porque tenía el pensamiento ofuscado y el cuerpo en ascuas, como me ocurre siempre con el amor. Juan me hacía reír, me divertía con canciones y versos picarescos, me ablandaba a besos. Le bastaba tocarme para transformar mi llanto en suspiros y mi enojo en deseo. ¡Qué complaciente es el amor, que todo lo perdona! No he olvidado nuestro primer abrazo, ocultos entre los arbustos de un bosque. Era verano y la tierra palpitaba, tibia, fértil, con fragancia de laurel. Salimos de Plasencia separados, para no dar pie a habladurías, y bajamos el cerro, dejando atrás la ciudad amurallada. Nos encontramos en el río y corrimos de la mano hacia la espesura, donde buscamos un sitio lejos del camino. Juan juntó hojas para hacer un nido, se quitó el jubón, para que me sentara encima, y luego me enseñó sin prisa alguna las ceremonias del placer. Habíamos llevado aceitunas, pan y una botella de vino que le había robado a mi abuelo y que bebimos en sorbos traviesos de la boca del otro. Besos, vino, risa, el calor que se desprendía de la tierra y nosotros enamorados. Me quitó la blusa y la camisa y me lamió los senos; dijo que eran como duraznos, maduros y dulces, aunque a mí me parecían más bien ciruelas duras. Y siguió explorándome con la lengua hasta que creí morir de gusto y amor. Recuerdo que se tendió de espaldas sobre las hojas y me hizo montarlo, desnuda, húmeda de sudor y deseo, porque quiso que yo impusiera el ritmo de nuestra danza. Así, de a poco y como jugando, sin susto ni dolor, terminé con mi virginidad. En un momento de éxtasis, levanté los ojos a la verde bóveda del bosque y más arriba, al cielo ardoroso del verano, y grité largamente de pura y simple alegría.

(De *Inés del alma mía*)

Los celos

Siempre se habla de cuánto una ama, pero rara vez se menciona cuánto una ha sido amada. He recibido mucho amor. Nunca un hombre me ha dejado, ¿no es una suerte increíble? No he tenido que matar por celos o despecho.

(De *Vida y espíritu*)

Tuve que buscar con lupa ejemplos de celos femeninos en mis novelas, porque hay pocos. Los tres que encontré tienen bastante de voyeurismo: ella observa sin ser vista y en la misma medida en que los otros gozan, ella sufre. Descarté la idea de referirme a celos de los hombres, porque los hay de muchas clases y a menudo no tienen nada que ver con el amor, sino con el poder, la autoridad y el concepto del honor. El honor masculino suele depender de la virtud de las mujeres; eso explica tantas formas de represión que ellas sufren por culpa del ego de algún macho cercano, que parte de la base de que nosotras somos criaturas poco evolucionadas, carentes de un sentido innato de la moral y que sin una mano masculina firme –padre, marido, policía, autoridad religiosa– nos desviamos fácilmente de la rectitud. Estas criaturas inferiores pueden conducir a los hombres, seres superiores, por mal camino. El burka no se inventó para proteger a las mujeres de la lujuria masculina, sino para proteger a los hombres de la seducción femenina; ellas pagan por la debilidad de ellos. Pero no es éste el sitio apropiado para alegatos feministas, volvamos a los celos. Admito que carezco de experiencia en este asunto, porque si bien soy muy posesiva cuando estoy enamorada, los hombres que me han tocado en suerte, con una sola excepción, no me han dado motivos de sospecha. Esa excepción fue bastante ridícula, como suelen ser las traiciones amorosas, pero la furia, la humillación y el despecho que sentí no se me han olvidado y, de hecho, me sirvieron para escribir las escenas que vienen a continuación. En esa ocasión mi orgullo pudo más que mis celos, corté la relación de un tijeretazo y me curé del amor en cuarenta y ocho horas. No sé por qué esa traición me sorprendió tanto, ya que si mi amante le era infiel a su esposa conmigo, lo más probable era que me fuese infiel a mí con otra.

Las sospechas comenzaron meses antes, pero las descarté asqueada de mí misma; no podía aceptarlas sin poner en evidencia algo malvado en mi propia naturaleza. Me repetía que tales conjeturas no podían ser sino ideas del diablo que echaban raíz y brotaban como tumores mortales en mi cerebro, ideas que debía combatir sin piedad, pero el comején del rencor pudo más que mis buenos propósitos. Primero fueron las fotografías de la familia que mostré a Iván Radovic. Lo que no fue evidente a simple vista —por el hábito de ver sólo lo que queremos ver, como decía mi maestro Juan Ribero— salió reflejado en blanco y negro sobre el papel. El lenguaje inequívoco del cuerpo, de los gestos, de las miradas, fue apareciendo allí. A partir de esas primeras suspicacias recurrí más y más a la cámara; con el pretexto de hacer un álbum para doña Elvira tomaba a cada rato instantáneas de la familia, que luego revelaba en la privacidad de mi taller y estudiaba con perversa atención. Así llegué a tener una colección miserable de minúsculas pruebas, algunas tan sutiles que sólo yo, envenenada por el despecho, podía percibir. Con la cámara ante la cara, como una máscara que me hacía invisible, podía enfocar la escena y al mismo tiempo mantener una glacial distancia. Hacia finales de abril, cuando bajó el calor, se coronaron de nubes las cumbres de los volcanes y la naturaleza empezó a recogerse para el otoño, las señales reveladas en las fotografías me parecieron suficientes y empecé la odiosa tarea de vigilar a Diego como cualquier mujer celosa. Cuando tomé consciencia finalmente de aquella garra que me apretaba la garganta y pude darle el nombre que tiene en el diccionario, sentí que me hundía en un pantano. Celos. Quien no los ha sentido no puede saber cuánto duelen ni imaginar las locuras que se cometen en su nombre. En mis treinta años de vida los he sufrido solamente aquella vez, pero fue tan brutal la quemadura que las cicatrices no se han borrado y espero que no se borren nunca, como un recordatorio para evitarlos en el futuro. Diego no era mío —nadie puede pertenecer jamás a otro— y el hecho de ser su esposa no me daba derecho sobre él o sus sentimientos, el amor es un contrato libre que se inicia en un chispazo y puede concluir del mismo modo. Mil peligros lo amenazan y si la pareja lo defiende puede salvarse, crecer como un árbol y dar sombra y frutos, pero eso sólo ocurre si ambos participan. Diego nunca lo hizo, nuestra relación estaba condenada desde el comienzo. Hoy lo entiendo, pero entonces estaba ciega, al principio de pura rabia y después de desconsuelo.

Al espiarlo reloj en mano, fui dándome cuenta de que las ausencias de mi marido no coincidían con sus explicaciones. Cuando aparentemente había salido a cazar con Eduardo, llegaba de vuelta muchas horas antes o después que su hermano; cuando los demás hombres de la familia andaban en el aserradero o en el rodeo marcando ganado, él surgía de pronto en el patio y más tarde, si yo ponía el tema en la mesa, resultaba que no había estado con ellos en todo el día; cuando iba a comprar al pueblo solía regresar sin nada, porque supuestamente no había encontrado lo que buscaba, aunque fuera algo tan banal como un hacha o un serrucho. En las muchas horas que la familia pasaba reunida evitaba a toda costa las conversaciones, era siempre él quien organizaba las partidas de naipes o le pedía a Susana que cantara. Si ella caía con una de sus jaquecas, él se aburría muy pronto y se iba a caballo con la escopeta al hombro. No podía seguirlo en sus excursiones sin que él lo notara y sin levantar sospechas en la familia, pero me mantuve alerta para vigilarlo cuando estaba cerca. Así noté que a veces se levantaba en la mitad de la noche y no iba a la cocina a comer algo, como yo pensaba, sino que se vestía, salía al patio y desaparecía por una o dos horas, luego regresaba calladamente a la cama. Seguirlo en la oscuridad resultaba más fácil que durante el día, cuando una docena de ojos nos miraban, todo era cuestión de mantenerme despierta evitando el vino durante la cena y las gotas nocturnas de opio. Una noche a mediados de mayo noté cuando él se deslizaba del lecho y en la tenue luz de la lamparita de aceite que siempre manteníamos encendida ante la Cruz, vi que se ponía los pantalones y las botas, cogía su camisa y su chaqueta y partía. Esperé unos instantes, luego me levanté deprisa y lo seguí con el corazón a punto de reventarme en el pecho. No podía verlo bien en la casa en sombras, pero cuando salió al patio su silueta se recortó claramente en la luz de la luna, que por momentos aparecía entera en el firmamento. El cielo estaba parcialmente cubierto y a ratos las nubes tapaban la luna, envolviéndonos en la oscuridad. Oí ladrar a los perros y pensé que si se acercaban delatarían mi presencia, pero no llegaron, entonces comprendí que Diego los había amarrado más temprano. Mi marido dio la vuelta completa a la casa y se dirigió rápidamente hacia uno de los establos, donde estaban los caballos de montar de la familia, que no se usaban para el trabajo del campo, quitó la tranca del portón y entró. Me quedé esperando, protegida por la negrura de un olmo que había a pocos metros de las caballerizas, descalza y cubierta sólo por una delgada camisa de dormir, sin atreverme a dar un paso más, convencida de que Diego reaparecería a caballo y no podría seguirlo. Transcurrió un tiempo que me pareció muy largo sin que nada ocurriera. De pronto vislumbré una luz por la ranura del portón abierto, tal vez una vela o una pequeña lámpara. Me rechinaban los dientes y temblaba convulsivamente de frío y de miedo. Estaba a punto de darme por vencida y volver a la cama, cuando vi otra figura que se acercaba a la cuadra por el lado oriente —era obvio que no provenía de la casa grande— y entraba también al establo, juntando la puerta a su espalda. Dejé pasar casi un cuarto de hora antes de decidirme, luego me forcé a dar unos pasos, estaba entumecida y apenas podía moverme. Me acerqué al establo aterrada, sin saber cómo reaccionaría Diego si me descubría espiándolo, pero incapaz de retroceder. Empujé suavemente el portón, que cedió sin resistencia, porque la tranca estaba por fuera, no se podía cerrar por dentro, y pude escurrirme como un ladrón por la delgada apertura. Adentro estaba oscuro, pero al fondo titilaba una mínima luz y hacia ella avancé en puntillas, sin respirar siquiera, precauciones inútiles, puesto que la paja amortiguaba mis pasos y varios de los animales estaban despiertos, podía oírlos moviéndose y resoplando en sus pesebres.

En la tenue luz de un farol colgado de una viga y mecido por la brisa que se colaba entre las maderas, los vi. Habían puesto unas mantas sobre un atado de paja, como un nido, donde ella estaba tendida de espaldas, vestida con un pesado abrigo desabrochado bajo el cual iba desnuda. Tenía los brazos y las piernas abiertas, la cabeza ladeada hacia un hombro, el cabello negro tapándole la cara y su piel brillando como madera rubia en la delicada claridad anaranjada del farol. Diego, cubierto apenas por la camisa, estaba arrodillado ante ella y le lamía el sexo. Había tan absoluto abandono en la actitud de Susana y tal contenida pasión en los gestos de Diego, que comprendí en un instante cuán ajena era yo a todo aquello. En verdad yo no existía, tampoco Eduardo o los tres niños, nadie más, sólo ellos dos amándose inevitablemente. Jamás mi marido me había acariciado de esa manera. Era fácil comprender que ellos habían estado así mil veces antes, que se amaban desde hacía años; entendí al fin que Diego se había casado conmigo porque necesitaba una pantalla para cubrir sus amores con Susana. En un instante las piezas de ese penoso rompecabezas ocuparon su lugar, pude explicarme su indiferencia conmigo, sus ausencias que coincidían con las jaquecas de Susana, su relación tensa con su hermano Eduardo, la forma solapada en que se comportaba con el resto de la familia y cómo se las arreglaba para estar siempre cerca de ella, tocándola, el pie contra el suyo, la mano en su codo o su hombro y a veces, como por casualidad, en el hueco de su espalda o su cuello, signos inconfundibles que las fotografías me habían revelado. Recordé cuánto quería Diego a los niños y especulé que tal vez no eran sus sobrinos, sino sus hijos, los tres de ojos azules, la marca de los Domínguez. Permanecí inmóvil, helándome de a poco, mientras ellos hacían el amor voluptuosamente, saboreando cada roce, cada gemido, sin prisa, como si tuvieran el resto de la vida por delante. No parecían una pareja de amantes en precipitado encuentro clandestino sino un par de recién casados en la segunda semana de su luna de miel, cuando todavía la pasión está intacta, pero ya existe la confianza y el conocimiento mutuo de la carne. Yo, sin embargo, nunca había experimentado una intimidad así con mi marido, tampoco habría sido capaz de forjarla ni en mis más audaces fantasías. La lengua de Diego recorría el interior de los muslos de Susana, desde los tobillos hacia arriba, deteniéndose entre sus piernas y bajando de nuevo, mientras las manos trepaban por su cintura y amasaban sus senos redondos y opulentos, jugueteando con los pezones erguidos y lustrosos como uvas. El cuerpo de Susana, blando y suave, se estremecía y ondulaba, era un pez en el río, la cabeza giraba de lado a lado en la desesperación del placer, el cabello siempre en la cara, los labios abiertos en un largo quejido, las manos buscando a Diego para dirigirlo por la hermosa topografía de su cuerpo, hasta que su lengua la hizo estallar en gozo. Susana arqueó la espalda hacia atrás por el deleite que la atravesaba como un relámpago y lanzó un grito ronco que él sofocó aplastando su boca contra la suya. Después Diego la sostuvo en sus brazos, meciéndola, acariciándola como a un gato, susurrándole un rosario de palabras secretas al oído, con una delicadeza y una ternura que nunca creí posibles en él. En algún momento ella se sentó en la paja, se quitó el abrigo y empezó a besarlo, primero la frente, luego los párpados, las sienes, la boca largamente, su lengua explorando traviesa las orejas de Diego, saltando sobre su manzana de Adán, rozando el cuello, sus dientes picoteando los pezones viriles, sus dedos enredados en los vellos del pecho. Entonces le tocó a él abandonarse por completo a las caricias, se tendió de boca sobre la manta y ella se le acaballó encima de la espalda, mordiéndole la nuca y el cuello, paseando por sus hombros con breves besos juguetones, bajando hasta las nalgas, explorando, oliéndolo, saboreándolo y dejando un rastro de saliva en su camino. Diego se dio vuelta y la boca de ella envolvió su miembro erguido y pulsante en una interminable faena de placer, de dar y tomar en la más recóndita intimidad, hasta que él ya no pudo resistirlo y se abalanzó sobre ella, penetrándola, y rodaron como enemigos en un enredo de brazos y piernas y besos y jadeos y suspiros y expresiones de amor que yo nunca había oído. Después dormitaron en caliente abrazo cubiertos con las mantas y el abrigo de Susana, como un par de niños inocentes. Retro-

cedí silenciosa y emprendí el regreso a la casa, mientras
el frío glacial de la noche se apoderaba inexorable de mi
alma.

(De *Retrato en sepia*)

El hechizo del primo impregnó la casa y La Perla de
Oriente, se desparramó por el pueblo y se lo llevó el
viento aún más lejos. Las muchachas llegaban a cada momento al almacén con los más diversos pretextos. Ante él
florecían como frutos salvajes, estallando bajo las faldas
cortas y las blusas ceñidas, tan perfumadas que después de
su partida el cuarto quedaba saturado de ellas por mucho
tiempo. Entraban en grupos de dos o tres, riéndose y hablando en cuchicheos, se apoyaban en el mostrador de
modo que los senos quedaran expuestos y los traseros se
elevaran atrevidos sobre las piernas morenas. Lo esperaban
en la calle, lo invitaban a sus casas por las tardes, lo iniciaron en los bailes del Caribe.

Yo sentía una impaciencia constante. Era la primera vez
que experimentaba celos y ese sentimiento adherido a mi
piel de día y de noche como una oscura mancha, una sucie-
dad imposible de quitar, llegó a ser tan insoportable, que
cuando al fin pude librarme de él, me había desprendido
definitivamente del afán de poseer a otro y la tentación de
pertenecer a alguien. Desde el primer instante Kamal me

trastornó la mente, me puso en carne viva, alternando el placer absoluto de amarlo y el dolor atroz de amarlo en vano. Lo seguía por todas partes como una sombra, lo servía, lo convertí en el héroe de mis fantasías solitarias. Pero él me ignoraba por completo. Tomé conciencia de mí misma, me observaba en el espejo, me palpaba el cuerpo, ensayaba peinados en el silencio de la siesta, me aplicaba una pizca de carmín en las mejillas y la boca, con cuidado para que nadie lo notara. Kamal pasaba por mi lado sin verme. Él era el protagonista de todos mis cuentos de amor. Ya no me bastaba el beso final de las novelas que leía a Zulema y comencé a vivir tormentosas e ilusorias noches con él. Había cumplido quince años y era virgen, pero si la cuerda de siete nudos inventada por la Madrina midiera también las intenciones, no habría salido airosa de la prueba.

La existencia se nos torció a todos durante el primer viaje de Riad Halabí, cuando quedamos solos Zulema, Kamal y yo. La patrona se curó como por encanto de sus malestares y despertó de un letargo de casi cuarenta años. En esos días se levantaba temprano y preparaba el desayuno, se vestía con sus mejores trajes, se adornaba con todas sus joyas, se peinaba con el pelo echado hacia atrás, sujeto en la nuca en una media cola, dejando el resto suelto sobre sus hombros. Nunca se había visto tan hermosa. Al principio Kamal la eludía, delante de ella mantenía los ojos en el suelo y casi no le hablaba, se quedaba todo el día en el almacén y en las noches salía a vagar por el pueblo; pero pronto le fue imposible sustraerse al poder de esa mujer, a la huella pesada de su aroma, al calor de su paso, al embrujo de su voz. El ámbito se llenó de urgencias secretas, de presagios, de llamadas. Presentí que a mi alrededor sucedía algo prodigioso de lo cual yo estaba excluida, una guerra privada de ellos dos, una violenta lucha de voluntades. Kamal se batía en retirada, cavando trincheras, defendido por siglos de tabúes, por el respeto a las leyes de hospitalidad y a los lazos de sangre que lo unían a Riad Halabí. Zulema, ávida como una flor carnívora, agitaba sus pétalos fragantes para atraerlo a su trampa. Esa mujer perezosa y blanda, cuya vida transcurría tendida en la cama con paños fríos en la frente, se transformó en una hembra enorme y fatal, una araña pálida tejiendo incansable su red. Quise ser invisible.

Zulema se sentaba en la sombra del patio a pintarse las uñas de los pies y mostraba sus gruesas piernas hasta medio muslo. Zulema fumaba y con la punta de la lengua acariciaba en círculos la boquilla del cigarro, los labios húmedos. Zulema se movía y el vestido se deslizaba descubriendo un hombro redondo que atrapaba toda la luz del día con su blancura imposible. Zulema comía una fruta madura y el jugo amarillo le salpicaba un seno. Zulema jugaba con su pelo azul, cubriéndose parte de la cara y mirando a Kamal con ojos de hurí.

El primo resistió como un valiente durante setenta y dos horas. La tensión fue creciendo hasta que ya no pude soportarla y temí que el aire estallara en una tormenta eléctrica, reduciéndonos a cenizas. Al tercer día Kamal trabajó desde muy temprano, sin aparecer por la casa a ninguna hora, dando vueltas inútiles en La Perla de Oriente para gastar las horas. Zulema lo llamó a comer, pero él dijo que no tenía hambre y se demoró otra hora en hacer la caja. Esperó que se acostara todo el pueblo y el cielo estuviera negro para cerrar el negocio y cuando calculó que había comenzado la novela de la radio, se metió sigilosamente en la cocina buscando los restos de la cena. Pero por primera vez en muchos meses Zulema estaba dispuesta a perderse el capítulo de esa noche. Para despistarlo dejó la radio encendida en su habitación y la puerta entreabierta, y se apostó a esperarlo en la penumbra del corredor. Se había puesto una túnica bordada, debajo estaba desnuda y al levantar el brazo lucía la piel lechosa hasta la cintura. Había dedicado la tarde a depilarse, cepillarse el cabello, frotarse con cremas, maquillarse, tenía el cuerpo perfumado de pachulí y el aliento fresco con regaliz, iba descalza y sin joyas, preparada para el amor. Pude verlo todo porque no me mandó a mi cuarto, se había olvidado de mi existencia. Para Zulema sólo importaban Kamal y la batalla que iba a ganar.

La mujer atrapó a su presa en el patio. El primo llevaba media banana en la mano e iba masticando la otra mitad, una barba de dos días le sombreaba la cara y sudaba porque hacía calor y era la noche de su derrota.

—Te estoy esperando —dijo Zulema en español, para evitar el bochorno de decirlo en su propio idioma.

El joven se detuvo con la boca llena y los ojos espantados. Ella se aproximó lentamente, tan inevitable como un fantasma, hasta quedar a pocos centímetros de él. De pronto comenzaron a cantar los grillos, un sonido agudo y sostenido que se me clavó en los nervios como la nota monocorde de un instrumento oriental. Noté que mi patrona era media cabeza más alta y dos veces más pesada que el primo de su marido, quien, por su parte, parecía haberse encogido al tamaño de una criatura.

—Kamal... Kamal... —Y siguió un murmullo de palabras en la lengua de ellos, mientras un dedo de la mujer tocaba los labios del hombre y dibujaba su contorno con un roce muy leve.

Kamal gimió vencido, se tragó lo que le quedaba en la boca y dejó caer el resto de la fruta. Zulema le tomó la cabeza y lo atrajo hacia su regazo, donde sus grandes senos lo devoraron con un borboriteo de lava ardiente. Lo retuvo allí, meciéndolo como una madre a su niño, hasta que él se apartó y entonces se miraron jadeantes, pesando y midiendo el riesgo, y pudo más el deseo y se fueron abrazados a la cama de Riad Halabí. Hasta allí los seguí sin que mi presencia los perturbara. Creo que de verdad me había vuelto invisible.

Me agazapé junto a la puerta, con la mente en blanco. No sentía ninguna emoción, olvidé los celos, como si todo ocurriera en una tarde del camión del cinematógrafo. De pie junto a la cama, Zulema lo envolvió en sus brazos y lo besó hasta que él atinó a levantar las manos y tomarla por la cintura, respondiendo a la caricia con un sollozo sufriente. Ella recorrió sus párpados, su cuello, su frente con besos rápidos, lamidos urgentes y mordiscos breves, le desabotonó la camisa y se la quitó a tirones. A su vez él trató de arrancarle la túnica, pero se enredó en los pliegues y optó por lanzarse sobre sus pechos a través del escote. Sin dejar de manosearlo, Zulema le dio vuelta colocándose a su espalda y siguió explorándole el cuello y los hombros, mientras sus dedos manipulaban el cierre y le bajaban el pantalón. A pocos pasos de distancia, yo vi su masculinidad apuntándome sin subterfugios y pensé que Kamal era más atrayente sin ropa, porque perdía esa delicadeza casi femenina. Su escaso tamaño no parecía fragilidad, sino síntesis, y tal como su nariz prominente le moldeaba la cara sin afearla, del mismo modo su sexo grande y oscuro no le daba un aspecto bestial. Sobresaltada, olvidé respirar durante casi un minuto y cuando lo hice tenía un lamento atravesado en la garganta. Él estaba frente a mí y nuestros ojos se encontraron por un instante, pero los de él pasaron de largo, ciegos. Afuera cayó una lluvia torrencial de verano y el ruido del agua y de los truenos se sumó al canto agónico de los grillos. Zulema se quitó por fin el vestido y apareció en toda su espléndida abundancia, como una venus de argamasa. El contraste entre esa mujer rolliza y el cuerpo esmirriado del joven me resultó obsceno. Kamal la empujó sobre la cama, y ella soltó un grito, aprisionándolo con sus gruesas piernas y arañándole la espalda. Él se sacudió unas cuantas veces y luego se desplomó con un quejido visceral; pero ella no se había preparado tanto para salir del paso en un minuto, así es que se lo quitó de encima; lo acomodó sobre los almohadones y se dedicó a reanimarlo, susurrándole instrucciones en árabe con tan buen resultado, que al poco rato lo tenía bien dispuesto. Entonces él se abandonó con los ojos cerrados, mientras ella lo acariciaba hasta hacerlo desfallecer y por último lo cabalgó cubriéndolo con su opulencia y con el regalo de su cabello, haciéndolo desaparecer por completo, tragándolo con sus arenas movedizas, devorándolo, exprimiéndolo hasta su esencia y conduciéndolo a los jardines de Alá donde lo celebraron todas las odaliscas del Profeta. Después descansaron en calma, abrazados como un par de criaturas en el bochinche de la lluvia y de los grillos de aquella noche que se había vuelto caliente como un mediodía.

Esperé que se aplacara la estampida de caballos que sentía en el pecho y luego salí tambaleándome. Me quedé de pie en el centro del patio, el agua corriéndome por el pelo y empapándome la ropa y el alma, afiebrada, con un presentimiento de catástrofe. Pensé que mientras pudiéramos permanecer callados era como si nada hubiera sucedido, lo que no se nombra casi no existe, el silencio lo va borrando hasta hacerlo desaparecer. Pero el olor del deseo se había esparcido por la casa, impregnando los muros, las ropas, los muebles, ocupaba las habitaciones, se filtraba por las grietas, afectaba la flora y la fauna, calentaba los ríos subterráneos, saturaba el cielo de Agua Santa, era visible como un incendio y sería imposible ocultarlo. Me senté junto a la fuente, bajo la lluvia.

(De Eva Luna)

Por primera vez desde que podía recordar, Férula se sentía feliz. Estaba más cerca de Clara de lo que nunca estuvo de nadie, ni siquiera de su madre. Una persona menos original que Clara habría terminado por molestarse con los mimos excesivos y la constante preocupación de su cuñada, o habría sucumbido a su carácter dominante y meticuloso. Pero Clara vivía en otro mundo. Férula detestaba el momento en que su hermano regresaba del campo y su presencia llenaba toda la casa, rompiendo la armonía que se establecía en su ausencia. Con él en la casa, ella debía ponerse a la sombra y ser más prudente en la forma de dirigirse a los sirvientes, tanto como en las atenciones que prodigaba a Clara. Cada noche, en el momento en que los esposos se retiraban a sus habitaciones, se sentía invadida por un odio desconocido, que no podía explicar y que llenaba su alma de funestos sentimientos. Para distraerse retomaba el vicio de rezar el rosario en los conventillos y de confesarse con el padre Antonio.

—Ave María Purísima.

—Sin pecado concebida.

—Te escucho, hija.

—Padre, no sé cómo comenzar. Creo que lo que hice es pecado...

—¿De la carne, hija?

—¡Ay! La carne está seca, padre, pero el espíritu no. Me atormenta el demonio.

—La misericordia de Dios es infinita.

—Usted no conoce los pensamientos que puede haber en la mente de una mujer sola, padre, una virgen que no ha conocido varón, y no por falta de oportunidades, sino porque Dios le mandó a mi madre una larga enfermedad y tuve que cuidarla.

—Ese sacrificio está registrado en el Cielo, hija mía.

—¿Aunque haya pecado de pensamiento, padre?

—Bueno, depende del pensamiento...

—En la noche no puedo dormir, me sofoco. Para calmarme me levanto y camino por el jardín, vago por la casa, voy al cuarto de mi cuñada, pego el oído a la puerta, a veces entro de puntillas para verla cuando duerme, parece un ángel, tengo la tentación de meterme en su cama para sentir la tibieza de su piel y su aliento.

—Reza, hija. La oración ayuda.

—Espere, no se lo he dicho todo. Me avergüenzo.

—No debes avergonzarte de mí, porque no soy más que un instrumento de Dios.

—Cuando mi hermano viene del campo es mucho peor,

padre. De nada me sirve la oración, no puedo dormir, transpiro, tiemblo, por último me levanto y cruzo toda la casa a oscuras, deslizándome por los pasillos con mucho cuidado para que no cruja el piso. Los oigo a través de la puerta de su dormitorio y una vez pude verlos, porque se había quedado la puerta entreabierta. No le puedo contar lo que vi, padre, pero debe ser un pecado terrible. No es culpa de Clara, ella es inocente como un niño. Es mi hermano el que la induce. Él se condenará con seguridad.

—Sólo Dios puede juzgar y condenar, hija mía. ¿Qué hacían?

Y entonces Férula podía tardar media hora en dar los detalles. Era una narradora virtuosa, sabía colocar la pausa, medir la entonación, explicar sin gestos, pintando un cuadro tan vívido, que el oyente parecía estarlo viviendo, era increíble cómo podía percibir desde la puerta entreabierta la calidad de los estremecimientos, la abundancia de los jugos, las palabras murmuradas al oído, los olores más secretos, un prodigio, en verdad.

(De *La casa de los espíritus*)

AMORES CONTRARIADOS

Amores contrariados

El amor, como la suerte, llega cuando no lo llaman, nos instala en la confusión y se esfuma como niebla cuando intentamos retenerlo. Desde el punto de vista de su valor estimulante es, por lo tanto, lujo de unos cuantos afortunados, pero inalcanzable para quienes no han sido heridos por su dardo.

(De *Afrodita*)

En este caso, por «contrariados» quiero decir relaciones con poco o ningún futuro. Los amores frustrados son la materia prima de la literatura romántica y las telenovelas, tal vez por eso no me gustan, pero a pesar mío a veces se me dan. Si yo fuera organizada para escribir, haría un guión antes de empezar, así tendría un mapa de los caminos por recorrer, pero mi cerebro anda en círculos y espirales, no soy capaz de idear un guión lineal y mucho menos de seguirlo. La única excepción fue *El Zorro*, porque debí someter un plan de la novela a los dueños del famoso enmascarado, Zorro Productions, quienes naturalmente querían asegurarse de que el carácter del héroe fuese respetado; yo no podía convertirlo en villano o vestirlo de rosado. Al comenzar una novela sólo cuento con una idea vaga del sitio y la época en que sucederán los hechos, nada más; por tanto, no es raro que me lleve sorpresas y dé algunos tropezones. Me parece que entro a una caverna oscura con una vela en la mano y voy alumbrando los rincones día a día, palabra a palabra, hasta descubrir a los personajes que esperan en la sombra para contarme sus vidas. A las tres o cuatro semanas de trabajo esos personajes ya son individuos con sus propias características, sus manías y propósitos, que no siempre calzan con los míos. Me ha ocurrido más de una vez que el enamorado de mi heroína, que en los capítulos iniciales era estupendo, se revele como un tipo limitado, incapaz de amarla como ella merece. Si yo no lo quisiera para mí, ¿cómo podría imponérselo a mi protagonista? Debo deshacerme de él y buscar a otro que lo reemplace, como me ocurrió con Huberto Naranjo en *Eva Luna*, Joaquín Andieta en *Hija de la fortuna*, Diego Domínguez en *Retrato en sepia* y varios más. Otras veces, no es que el amante sea inadecuado, sino que las circunstancias no se prestan para una relación duradera.

En el cuento «Lo más olvidado del olvido», que figura en este capítulo, hay una frase que quisiera cambiar, pero una vez que algo se publica ya no es posible retractarse. La muchacha del cuento dice que «el miedo es más fuerte que el deseo, el amor, el odio, la culpa, la rabia, más fuerte que la lealtad». Escribí ese cuento en 1987, pensando en el terror impuesto por la dictadura militar en Chile, pero con los años, y especialmente con la muerte de mi hija Paula, aprendí que el sentimiento más poderoso no es el miedo, sino el amor.

A su llamado acudió una mujer enfundada en un vestido de raso negro demasiado estrecho, que apenas podía contener la exuberancia de su feminidad. Llevaba el pelo ladeado sobre una oreja, un peinado que nunca me ha gustado, y a su paso se desprendía un terrible perfume almizclado que quedaba flotando en el aire, tan persistente como un gemido.

—Me alegro de verlo, patrón —saludó y entonces la reconocí, porque la voz era lo único que no le había cambiado a Tránsito Soto. Me llevó de la mano a un cuarto cerrado como una tumba, con las ventanas cubiertas de cortinajes oscuros, donde no había penetrado un rayo de luz natural desde tiempos ignotos, pero que, de todos modos, parecía un palacio comparado con las sórdidas instalaciones del Farolito Rojo. Allí le quité personalmente el vestido de raso negro a Tránsito, desarmé su horrendo peinado y pude ver que en esos años había crecido, engordado y embellecido.

—Veo que has progresado mucho —le dije.

—Gracias a sus cincuenta pesos, patrón. Me sirvieron para comenzar —me respondió—. Ahora puedo devolvérselos reajustados, porque con la inflación ya no valen lo que antes.

—¡Prefiero que me debas un favor, Tránsito! —me reí.

Terminé de quitarle las enaguas y comprobé que no quedaba casi nada de la muchacha delgada, con los codos y las rodillas salientes, que trabajaba en el Farolito Rojo, excepto su incansable disposición para la sensualidad y su voz de pájaro ronco. Tenía el cuerpo depilado y su piel había sido frotada con limón y miel de hamamelis, como me explicó, hasta dejarla suave y blanca como la de una criatura. Tenía las uñas teñidas de rojo y una serpiente tatuada alrededor del ombligo, que podía mover en círculos mientras mantenía en perfecta inmovilidad el resto de su cuerpo. Simultáneamente con demostrarme su habilidad para ondular la serpiente, me contó su vida.

—Si me hubiera quedado en el Farolito Rojo, ¿qué habría sido de mí, patrón? Ya no tendría dientes, sería una vieja. En esta profesión una se desgasta mucho, hay que cuidarse. ¡Y eso que yo no ando por la calle! Nunca me ha gustado eso, es muy peligroso. En la calle hay que tener un cafiche, porque si no se arriesga mucho. Nadie la respeta a una. Pero ¿por qué darle a un hombre lo que cuesta tanto ganar? En ese sentido las mujeres son muy brutas. Son hijas del rigor. Necesitan a un hombre para sentirse seguras y no se dan cuenta que lo único que hay que temer es a los mismos hombres. No saben administrarse, necesitan sacrificarse por alguien. Las putas son las peores, patrón, créamelo. Dejan la vida trabajando para un cafiche, se alegran cuando él les pega, se sienten orgullosas de verlo bien vestido, con dientes de oro, con anillos y cuando las deja y se va con otra más joven, se lo perdonan porque «es hombre». No, patrón, yo no soy así. A mí nadie me ha mantenido, por eso ni loca me pondría a mantener a otro. Trabajo para mí, lo que gano me lo gasto como quiero. Me ha costado mucho, no crea que ha sido fácil, porque a las dueñas de prostíbulo no les gusta tratar con mujeres, prefieren entenderse con los cafiches. No la ayudan a una. No tienen consideración.

—Pero parece que aquí te aprecian, Tránsito. Me dijeron que eras lo mejor de la casa.

—Lo soy. Pero este negocio se iría al suelo si no fuera por mí, que trabajo como un burro —dijo ella—. Las demás ya están como estropajos, patrón. Aquí vienen puros viejos, ya no es lo que era antes. Hay que modernizar esta cuestión, para atraer a los empleados públicos, que no tienen nada que hacer a mediodía, a la juventud, a los estudiantes. Hay que ampliar las instalaciones, darle más alegría al local y limpiar. ¡Limpiar a fondo! Así la clientela tendría confianza y no estaría pensando que puede agarrarse una venérea, ¿verdad? Esto es una cochinada. No limpian nunca. Mire, levante la almohada y seguro le salta una chinche. Se lo he dicho a la madame, pero no me hace caso. No tiene ojo para el negocio.

—¿Y tú lo tienes?

—¡Claro pues, patrón! A mí se me ocurren un millón de cosas para mejorar al Cristóbal Colón. Yo le pongo entusiasmo a esta profesión. No soy como esas que andan puro quejándose y echándole la culpa a la mala suerte cuando les va mal. ¿No ve dónde he llegado? Ya soy la mejor. Si me empeño, puedo tener la mejor casa del país, se lo juro.

Me estaba divirtiendo mucho. Sabía apreciarla, porque de tanto ver la ambición en el espejo cuando me afeitaba en las mañanas, había terminado por aprender a reconocerla cuando la veía en los demás.

—Me parece una excelente idea, Tránsito. ¿Por qué no montas tu propio negocio? Yo te pongo el capital —le ofrecí fascinado con la idea de ampliar mis intereses comerciales en esa dirección, ¡cómo estaría de borracho!

—No gracias, patrón —respondió Tránsito acariciando su serpiente con una uña pintada de laca china—. No me conviene salir de un capitalista para caer en otro. Lo que hay que hacer es una cooperativa y mandar a la madame al carajo. ¿No ha oído hablar de eso? Váyase con cuidado, mire que si sus inquilinos le forman una cooperativa en el campo, usted se jodió. Lo que yo quiero es una cooperativa de putas. Pueden ser putas y maricones, para darle más amplitud al negocio. Nosotros ponemos todo, el capital y el trabajo. ¿Para qué queremos un patrón?

Hicimos el amor en la forma violenta y feroz que yo casi había olvidado de tanto navegar en el velero de aguas mansas de la seda azul. En aquel desorden de almohadas y sábanas, apretados en el nudo vivo del deseo, atornillándonos hasta desfallecer, volví a sentirme de veinte años, contento de tener en los brazos a esa hembra brava y prieta que no se deshacía en hilachas cuando la montaban, una yegua fuerte a quien cabalgar sin contemplaciones, sin que a uno las manos le queden muy pesadas, la voz muy dura, los pies muy grandes o la barba muy áspera, alguien como uno, que resiste un sartal de palabrotas al oído y no necesitaba ser acunado con ternuras ni engañado con galanteos. Después, adormecido y feliz, descansé un rato a su lado, admirando la curva sólida de su cadera y el temblor de su serpiente.

—Nos volveremos a ver, Tránsito —dije al darle la propina.

—Eso mismo le dije yo antes, patrón, ¿se acuerda? —me contestó con un último vaivén de su serpiente.

En realidad, no tenía intención de volver a verla. Más bien prefería olvidarla.

(De *La casa de los espíritus*)

Huberto Naranjo apareció de súbito en mi vida y asimismo se esfumó horas después sin aclarar sus motivos, dejándome un rastro de selva, lodo y pólvora. Comencé a vivir para esperarlo y en esa larga paciencia recreé muchas veces la tarde del primer abrazo, cuando después de compartir un café casi en silencio, mirándonos con determinación apasionada, nos fuimos de la mano a un hotel, rodamos juntos sobre la cama y él me confesó que nunca me quiso como hermana y que en todos esos años no había dejado de pensar en mí.

—Bésame, no debo amar a nadie, pero tampoco puedo dejarte, bésame otra vez —susurró abrazándome y después se quedó con los ojos de piedra, empapado de sudor, temblando.

—¿Dónde vives? ¿Cómo voy a saber de ti?

—No me busques, yo regresaré cuando pueda. —Y volvió a apretarme como enloquecido, con urgencia y torpeza.

Por un tiempo no tuve noticias de él y Mimí opinó que eso era la consecuencia de ceder en la primera salida, había que hacerse rogar, ¿cuántas veces te lo he dicho?, los hombres hacen todo lo posible por acostarse con una y cuando lo consiguen nos desprecian, ahora él te considera fácil, puedes aguardar sentada, no volverá. Pero Huberto Naranjo apareció de nuevo, me abordó en la calle y otra vez fuimos al hotel y nos amamos del mismo modo. A partir de entonces tuve el presentimiento de que siempre regresaría, aunque en cada oportunidad él insinuaba que era la última vez. Entró en mi existencia envuelto en un hálito de secreto, trayendo consigo algo heroico y terrible. Echó a volar mi imaginación y creo que por eso me resigné a amarlo en tan precarias condiciones.

—No sabes nada de él. Seguro que está casado y es padre de media docena de chiquillos —refunfuñaba Mimí.

—Tienes el cerebro podrido por los folletines. No todos son como el malvado de la telenovela.

—Yo sé lo que te digo. A mí me criaron para hombre, fui a una escuela de varones, jugué con ellos y traté de acompañarlos al estadio y a los bares. Conozco mucho más que tú de este tema. No sé cómo será en otras partes del mundo, pero aquí no se puede confiar en ninguno.

Las visitas de Huberto no seguían un patrón previsible, sus ausencias podían prolongarse un par de semanas o varios meses. No me llamaba, no me escribía, no me enviaba mensajes y de pronto, cuando menos lo suponía, me interceptaba en la calle, como si conociera todos mis pasos y estuviera oculto en la sombra. Siempre parecía una persona diferente, a veces con bigotes, otras con barba o con el cabello peinado de otro modo, como si fuera disfrazado. Eso me asustaba pero también me atraía, tenía la impresión de amar a varios hombres simultáneamente. Soñaba con un lugar para nosotros dos, deseaba cocinar su comida, lavar su ropa, dormir con él cada noche, caminar por las calles sin rumbo premeditado, de la mano como esposos. Yo sabía que él estaba hambriento de amor, de ternura, de justicia, de alegría, de todo. Me estrujaba como si quisiera saciar una sed de siglos, murmuraba mi nombre y de pronto se le llenaban los ojos de lágrimas.

(De *Eva Luna*)

Deja abierta la cortina, quiero mirarte, le mintió, porque no se atrevió a confiarle su terror de la noche, cuando lo agobiaban de nuevo la sed, la venda apretada en

133

la cabeza como una corona de clavos, las visiones de cavernas y el asalto de tantos fantasmas. No podía hablarle de eso, porque una cosa lleva a la otra y se acaba diciendo lo que nunca se ha dicho. Ella volvió a la cama, lo acarició sin entusiasmo, le pasó los dedos por las pequeñas marcas, explorándolas. No te preocupes, no es nada contagioso, son sólo cicatrices, rió él casi en un sollozo. La muchacha percibió su tono angustiado y se detuvo, el gesto suspendido, alerta. En ese momento él debió decirle que ése no era el comienzo de un nuevo amor, ni siquiera de una pasión fugaz, era sólo un instante de tregua, un breve minuto de inocencia, y que dentro de poco, cuando ella se durmiera, él se iría; debió decirle que no habría planes para ellos, ni llamadas furtivas, no vagarían juntos otra vez de la mano por las calles, ni compartirían juegos de amantes, pero no pudo hablar, la voz se le quedó agarrada en el vientre, como una zarpa. Supo que se hundía. Trató de retener la realidad que se le escabullía, anclar su espíritu en cualquier cosa, en la ropa desordenada sobre la silla, en los libros apilados en el suelo, en el afiche de Chile en la pared, en la frescura de esa noche caribeña, en el ruido sordo de la calle; intentó concentrarse en ese cuerpo ofrecido y pensar sólo en el cabello desbordado de la joven, en su olor dulce. Le suplicó sin voz que por favor lo ayudara a salvar esos segundos, mientras ella lo observaba desde el rincón más lejano de la cama, sentada como un faquir, sus claros pezones y el ojo de su ombligo mirándolo también, registrando su temblor, el chocar de sus dientes, el gemido. El hombre oyó crecer el silencio en su interior, supo que se le quebraba el alma, como tantas veces le ocurriera antes, y dejó de luchar, soltando el último asidero al presente, echándose a rodar por un despeñadero inacabable. Sintió las correas incrustadas en los tobillos y en las muñecas, la descarga brutal, los tendones rotos, las voces insultando, exigiendo nombres, los gritos inolvidables de Ana supliciada a su lado y de los otros, colgados de los brazos en el patio.

¡Qué pasa, por Dios, qué te pasa!, le llegó de lejos la voz de Ana. No, Ana quedó atascada en las ciénagas del Sur. Creyó percibir a una desconocida desnuda, que lo sacudía y lo nombraba, pero no logró desprenderse de las sombras donde se agitaban látigos y banderas. Encogido, intentó controlar las náuseas. Comenzó a llorar por Ana y por los demás. ¿Qué te pasa?, otra vez la muchacha llamándolo desde alguna parte. ¡Nada, abrázame...!, rogó y ella se acercó tímida y lo envolvió en sus brazos, lo arrulló como a un niño, lo besó en la frente, le dijo llora, llora, lo tendió de espaldas sobre la cama y se acostó crucificada sobre él.

Permanecieron mil años así abrazados, hasta que lentamente se alejaron las alucinaciones y él regresó a la habitación, para descubrirse vivo a pesar de todo, respirando, latiendo, con el peso de ella sobre su cuerpo, la cabeza de ella descansando en su pecho, los brazos y las piernas de ella sobre los suyos, dos huérfanos aterrados. Y en ese instante, como si lo supiera todo, ella le dijo que el miedo es más fuerte que el deseo, el amor, el odio, la culpa, la rabia, más fuerte que la lealtad. El miedo es algo total, concluyó, con las lágrimas rodándole por el cuello. Todo se detuvo para el hombre, tocado en la herida más oculta. Presintió que ella no era sólo una muchacha dispuesta a hacer el amor por conmiseración, que ella conocía aquello que se encontraba agazapado más allá del silencio, de la completa soledad, más allá de la caja sellada donde él se había escondido del Coronel y de su propia traición, más allá del recuerdo de Ana Díaz y de los otros compañeros delatados, a quienes fueron trayendo uno a uno con los ojos vendados. ¿Cómo puede saber ella todo eso?

La mujer se incorporó. Su brazo delgado se recortó contra la bruma clara de la ventana, buscando a tientas el interruptor. Encendió la luz y se quitó uno a uno los brazaletes de metal, que cayeron sin ruido sobre la cama. El cabello le cubría a medias la cara cuando le tendió las manos. También a ella blancas cicatrices le cruzaban las muñecas. Durante un interminable momento él las observó inmóvil hasta comprenderlo todo, amor, y verla atada con las correas sobre la parrilla eléctrica, y entonces pudieron abrazarse y llorar, hambrientos de pactos y de confidencias, de palabras prohibidas, de promesas de mañana, compartiendo, por fin, el más recóndito secreto.

(De «Lo más olvidado del olvido»,
Cuentos de Eva Luna)

Juliana no había imaginado que esos guijarros de colores sirvieran para tanto. Dividió las piedras en dos montoncitos, uno grande y otro más pequeño, envolvió el primero en el pañuelo, se lo puso en el escote y dejó el resto sobre la mesa. Hizo ademán de retirarse, pero él se puso de pie, agitado, y la detuvo por un brazo.

—¿Qué hará con los esclavos, Juliana?

—Quitarles las cadenas, antes que nada, luego veré cómo ayudarlos.

—Está bien. Es usted libre, Juliana. Me ocuparé de que pueda partir pronto. Perdóneme los sinsabores que le he hecho pasar, no sabe cuánto desearía que nos hubiéramos conocido en otras circunstancias. Por favor acepte esto como un regalo mío —dijo el pirata, entregándole las piedras que ella había dejado sobre la mesa.

Juliana había requerido de todas sus fuerzas para enfrentar a ese hombre y ahora ese gesto la desarmaba por completo. No estaba segura de su significado, pero el instinto le advertía de que el sentimiento que la trastornaba era correspondido a plenitud por Laffite: el regalo era una declaración de amor. El corsario la vio vacilar y sin pensar la tomó en sus brazos y la besó de lleno en la boca. Fue el primer beso de amor de Juliana y seguramente el más largo e intenso que habría de recibir en su vida. En cualquier caso, fue el más memorable, como siempre ocurre con el primero. La proximidad del pirata, sus brazos envolviéndola, su aliento, su calor, su olor viril, su lengua dentro de su propia boca, la remecieron hasta los huesos. Se había preparado para ese momento con centenares de novelas de amor, con años imaginando al galán predestinado para ella. Deseaba a Laffite con una pasión recién estrenada, pero con una certeza antigua y absoluta. Jamás amaría a otro, ese amor prohibido sería el único que tendría en este mundo. Se aferró a él, sujetándolo a dos manos por la camisa, y le devolvió el beso con igual intensidad, mientras se desgarraba por dentro, porque sabía que esa caricia era una despedida. Cuando por fin lograron separarse, ella se recostó en el pecho del pirata, mareada, tratando de recuperar la respiración y el ritmo del corazón, mientras él repetía su nombre, Juliana, Juliana, en un largo murmullo.

—Debo irme —dijo ella, desprendiéndose.

—La amo con toda mi alma, Juliana, pero también amo a Catherine. Nunca la abandonaré. ¿Puede entender eso?

—Sí, Jean. Mi desgracia es haberme enamorado de usted y saber que nunca podremos estar juntos. Pero le amo más por su fidelidad a Catherine. Dios quiera que ella se reponga pronto y que sean felices...

(De *El Zorro*)

Así estaban las cosas en el verano del año siguiente cuando una noche Tété despertó de súbito con una mano firme tapándole la boca. Pensó que por fin había llegado el asalto a la plantación, temido por tanto tiempo, y rogó que la muerte fuera rápida, al menos para Maurice y Rosette, dormidos a su lado. Esperó sin tratar de defenderse para no despertar a los niños, y por la remota posibilidad de que fuera una pesadilla, hasta que pudo distinguir la figura inclinada sobre ella en el tenue reflejo de las antorchas del patio, que se filtraba a través del papel encerado de la ventana. No lo reconoció, porque después del año y medio que llevaban separados el muchacho ya no era el mismo, pero entonces él susurró su nombre, Zarité, y ella sintió un fogonazo en el pecho, no ya de terror, sino de dicha. Levantó las manos para atraerlo y sintió el metal del cuchillo que él sostenía entre los dientes. Se lo quitó y él, con un gemido, se dejó caer sobre aquel cuerpo que se acomodaba para recibirlo. Los labios de Gambo buscaron los de ella con la sed acumulada en tanta ausencia, su lengua se abrió paso en su boca y sus manos se aferraron a sus senos a través de la delgada camisa. Ella lo sintió duro entre sus muslos y se abrió para él, pero se acordó de los niños, a quienes por un momento había olvidado, y lo empujó. «Ven conmigo», le susurró.

Se levantaron con cuidado y pasaron por encima de Maurice. Gambo recuperó su cuchillo y se lo puso en la tira de cuero de cabra del cinturón, mientras ella estiraba el mosquitero para proteger a los niños. Tété le hizo una señal de que aguardara y salió a asegurarse de que el amo estaba en su pieza, tal como lo había dejado un par de horas antes, luego sopló la lámpara del pasillo y volvió a buscar a su amante. Lo condujo a tientas hasta la habitación de la loca, en la otra punta de la casa, desocupada desde su muerte.

Cayeron abrazados sobre el colchón, pasado a humedad y abandono, y se amaron en la oscuridad, en total silencio, sofocados de palabras mudas y gritos de placer que se deshacían en suspiros. Mientras estuvieron separados, Gambo se había desahogado con otras mujeres de los campamentos, pero no había logrado aplacar su apetito de amor insatisfecho. Tenía diecisiete años y vivía abrasado por el deseo persistente de Zarité. La recordaba alta, abundante, generosa, pero ahora era más pequeña que él y esos senos, que antes le parecían enormes, ahora cabían holgados en sus manos. Zarité se volvía espuma debajo de él. En la zozobra y la voracidad del amor tan largamente contenido no alcanzó a penetrarla y en un instante se le fue la vida en un solo estallido. Se hundió en el vacío, hasta que el aliento hirviente de Zarité en su oído lo trajo de vuelta al cuarto de la loca. Ella lo arrulló, dándole golpecitos en la espalda, como hacía con Maurice para consolarlo, y cuando sintió que empezaba a renacer lo volteó en la cama, inmovilizándolo con una mano en el vientre, mientras con la otra y sus labios mórbidos y su lengua hambrienta lo masajeaba y lo chupaba, elevándolo al firmamento, donde se perdió en las estrellas fugaces del amor imaginado en cada instante de reposo y en cada pausa de las batallas y en cada amanecer brumoso en las grietas milenarias de los caciques, donde tantas veces montaba guardia. Incapaz de sujetarse por más tiempo, el muchacho la levantó por la cintura y ella lo montó a horcajadas, ensartándose en ese miembro quemante que tanto había anhelado, inclinándose para cubrirle de besos la cara, lamerle las orejas, acariciarlo con sus pezones, columpiarse en sus caderas atolondradas, estrujarlo con sus muslos de amazona, ondulando como una anguila en el fondo arenoso del mar. Retozaron como si fuera la primera y la última vez, inventando pasos nuevos de una danza antigua. El aire del cuarto se saturó con la fragancia de semen y sudor, con la violencia prudente del placer y los desgarros del amor, con quejidos ahogados, risas calladas, embistes desesperados y jadeos de moribundo que al instante se convertían en besos alegres.

Agotados de felicidad se durmieron apretadamente en un nudo de brazos y piernas, aturdidos por el calor pesado de esa noche de julio. Gambo despertó a los pocos minutos, aterrado por haber bajado la guardia de esa manera, pero al sentir a la mujer abandonada, ronroneando en el sueño, se dio tiempo para palparla con liviandad, sin despertarla, y percibir los cambios en ese cuerpo, que cuando él se fue estaba deformado por el embarazo. Los senos todavía tenían leche, pero estaban más flojos y con los pezones distendidos, la cintura le pareció muy delgada, porque no recordaba cómo era antes de su preñez, el vientre, las caderas, las nalgas y los muslos eran pura opulencia y suavidad. El aroma de Tété también había cambiado, ya no olía a jabón, sino a leche, y en ese momento estaba impregnada del olor de ambos. Hundió la nariz en el cuello de ella, sintiendo el paso de su sangre en las venas, el ritmo de su respiración, el latido de su corazón. Tété se estiró con un suspiro satisfecho. Estaba soñando con Gambo y le tomó un instante darse cuenta de que en verdad estaban juntos y no necesitaba imaginarlo.

—Vine a buscarte, Zarité. Es tiempo de irnos —susurró Gambo.

Le explicó que no había podido llegar antes, porque no tenía adonde llevársela, pero ya no podía esperar más. No sabía si los blancos lograrían aplastar la rebelión, pero tendrían que matar hasta el último negro antes de proclamar victoria. Ninguno de los rebeldes estaba dispuesto a volver a la esclavitud. La muerte andaba suelta y al acecho en la isla. No existía ni un solo rincón seguro, pero peor que el miedo y la guerra era seguir separados. Le contó que no confiaba en los jefes, ni siquiera en Toussaint, no les debía nada y pensaba luchar a su manera, cambiando de bando o desertando, según se dieran las cosas. Por un tiempo podrían vivir juntos en su campamento, le dijo; había levantado una *ajoupa* con palos y hojas de palma y no les faltaría comida. Sólo podía ofrecerle una vida dura y ella estaba acostumbrada a las comodidades de esa casa del blanco, pero nunca se arrepentiría, porque cuando se prueba la libertad no se puede volver atrás.

(De *La isla bajo el mar*)

Humor y Eros

Humor y Eros

La única manera de que las mujeres escuche-
mos es si nos susurran al oído. El punto G está
en las orejas; quien ande buscándolo más abajo
pierde su tiempo y el nuestro.

(De *Afrodita*)

La tentación de relatar un encuentro amoroso en tono de burla
es casi irresistible, porque el humor es una garantía contra el
sentimentalismo y la cursilería, que siempre acechan en estas
escenas. Además, creo que el mejor afrodisíaco es la risa. La
sensualidad sin humor me fastidia un poco; no tengo paciencia
para preámbulos solemnes ni para amantes que se toman a sí
mismos en serio. Una amiga mía, mujer de encomiable rectitud,
madre y abuela, dejó plantado a su próspero marido y a su
nieto de seis meses, la luz de sus ojos, por seguir a un plomero
que se cruzó en su destino. Nadie entendió su deserción, porque
a simple vista el hombre era bastante ordinario. Un par de años
más tarde nos encontramos y casi no la reconocí, llevaba un

vestido floreado, el pelo largo y la cara limpia de maquillaje, se veía veinte años más joven y muy contenta. Nos sentamos a conversar y así me enteré de que el hombre era plomero de día y comediante de cabaret por la noche. «Sabe miles de chistes, canta canciones picantes, baila zapateado, tiene amigos diverti- dos y no te imaginas las tonterías que hacemos en privado», me confesó con un guiño travieso. Comprendí. Yo también habría dejado todo, incluso a los nietos, por un amante como ése.

Mucho de lo que escribo tiene un pie en la realidad. Compen- so lo que me falta en imaginación con empeño en observar y escuchar, así nunca me faltará material; sobran historias en este mundo y todas son gratis, puedo usar las que quiera sin preocu- parme por el gasto. Los tres episodios seleccionados para este capítulo le sucedieron a personas que he conocido; sólo cambié un poco los personajes y las circunstancias, para que nadie se enojara. El primero, que relata la aventura de una joven amante del *bel canto* con un célebre tenor, le ocurrió, tal como lo he con- tado, a una de mis primas; sólo trasladé los hechos a otra ciudad y otra época. El episodio de Colomba está inspirado en el caso de una periodista chilena, cuyo marido, profesor universitario, sedujo a una alumna en el estacionamiento vacío de un estadio de fútbol. También él contaba con un destartalado Citroën de los años setenta, que no se prestaba para maromas de amantes, y mientras hacían el amor detrás de unos matorrales, con la cha- queta por almohada, les robaron el vehículo y el resto de la ropa. Tuvieron que regresar a pie, él desnudo y ella mal cubierta por la chaqueta. El modelo para Hortense, la protagonista de la tercera escena, es una oronda dama franco-alemana, fallecida hace varios años, que perteneció a mi familia. Nadie habría sospechado que bajo la rigidez y avaricia de esa señora se escondiera un espíritu juguetón capaz de idear bromas subidas de color. ¿Que cómo lo supe? Me lo confesó, muerto de risa, su marido, un anciano de ochenta y tantos años.

A los diecisiete años la belleza de la joven empezaba a florecer y le sobraban pretendientes de buena situación dispuestos a morir de amor, pero mientras sus amigas se afanaban buscando marido, ella buscaba un profesor de canto. Así conoció a Karl Bretzner, un tenor vienés llegado a Londres para actuar en varias obras de Mozart, que culminarían en una noche estelar con *Las bodas de Fígaro*, con asistencia de la familia real. Su aspecto nada revelaba de su inmenso talento: parecía un carnicero. Su cuerpo, ancho de barriga y enclenque de las rodillas para abajo, carecía de elegancia y su rostro sanguíneo, coronado por una mata de crespos descoloridos, resultaba más bien vulgar, pero cuando abría la boca para deleitar al mundo con el torrente de su voz, se transformaba en otro ser, crecía en estatura, la panza desaparecía en la anchura del pecho y la cara colorada de teutón se llenaba de una luz olímpica. Al menos así lo veía Rose Sommers, quien se las arregló para conseguir entradas para cada función. Llegaba al teatro mucho antes que lo abrieran y, desafiando las miradas escandalizadas de los transeúntes, poco acostumbrados a ver una muchacha de su condición sola, aguardaba en la puerta de los actores durante horas para divisar al maestro descender del coche. En la noche del domingo el hombre se fijó en la beldad apostada en la calle y se acercó a hablarle. Trémula, ella respondió a sus preguntas y confesó su admiración por él y sus deseos de seguir sus pasos en el arduo, pero divino, sendero del *bel canto*, como fueron sus palabras.

—Venga después de la función a mi camerino y veremos qué puedo hacer por usted —dijo él con su preciosa voz y un fuerte acento austríaco.

Así lo hizo ella, transportada a la gloria. Cuando finalizó la ovación de pie brindada por el público, un ujier enviado por Karl Bretzner la condujo tras bambalinas. Ella nunca había visto las entrañas de un teatro, pero no perdió tiempo admirando las ingeniosas máquinas de hacer tempestades ni los paisajes pintados en telones, su único propósito era conocer a su ídolo. Lo encontró cubierto con una bata de terciopelo azul real ribeteada en oro, la cara aún maquillada y una elaborada peluca de rizos blancos. El ujier los dejó solos y cerró la puerta. La habitación, atiborrada de espejos, muebles y cortinajes, olía a tabaco, afeites y moho. En un rincón había un biombo pintado con escenas de mujeres rubicundas en un harén turco y de los muros colgaban en perchas las vestimentas de la ópera. Al ver a su ídolo de cerca, el entusiasmo de Rose se desinfló por algunos momentos, pero pronto él recuperó el terreno perdido. Le tomó ambas manos entre las suyas, se las llevó a los labios y las besó largamente, luego lanzó un do de pecho que estremeció el biombo de las odaliscas. Los últimos remilgos de Rose se desmoronaron, como las murallas de Jericó, en una nube de polvo que salió de la peluca cuando el artista se la quitó con un gesto apasionado y viril, lanzándola sobre un sillón, donde quedó inerte como un conejo muerto. Tenía el pelo aplastado bajo una tupida malla que, sumada al maquillaje, le daba un aire de cortesana decrépita.

Sobre el mismo sillón donde cayó la peluca, le ofrecería Rose su virginidad un par de días después, exactamente a las tres y cuarto de la tarde. El tenor vienés la citó con el pretexto de mostrarle el teatro ese martes, que no habría espectáculo. Se encontraron secretamente en una pastelería, donde él saboreó con delicadeza cinco *éclairs* de crema y dos tazas de chocolate, mientras ella revolvía su té sin poder tragarlo de susto y anticipación. Fueron enseguida al teatro. A esa hora sólo había un par de mujeres limpiando la sala y un iluminador preparando lámparas de aceite, antorchas y velas para el día siguiente. Karl Bretzner, ducho en trances de amor, produjo por obra de ilusionismo una botella de champaña, sirvió una copa para cada uno, que bebieron al seco brindando por Mozart y Rossini. Enseguida instaló a la joven en el palco de felpa imperial donde sólo el rey se sentaba, adornado de arriba abajo con amorcillos mofletudos y rosas de yeso, mientras él partía hacia el escenario.

De pie sobre un trozo de columna de cartón pintado, alumbrado por las antorchas recién encendidas, cantó sólo para ella un aria de *El barbero de Sevilla*, luciendo toda su agilidad vocal y el suave delirio de su voz en interminables florituras. Al morir la última nota de su homenaje, oyó los sollozos distantes de Rose Sommers, corrió hacia ella con inesperada agilidad, cruzó la sala, trepó al palco de dos saltos y cayó a sus pies de rodillas. Sin aliento, colocó su cabezota sobre la falda de la joven, hundiendo la cara entre los pliegues de la falda de seda color musgo. Lloraba con ella, porque sin proponérselo también se había enamorado; lo que comenzó como otra conquista pasajera se había transformado en pocas horas en una incandescente pasión.

Rose y Karl se levantaron apoyándose el uno en el otro, trastabillando y aterrados ante lo inevitable, y avanzaron sin saber cómo por un largo pasillo en penumbra, subieron una breve escalinata y llegaron a la zona de los camerinos. El nombre del tenor aparecía escrito con letras cursivas en una de las puertas. Entraron a la habitación atiborrada de muebles y trapos de lujo, polvorientos y sudados, donde dos días antes habían estado solos por primera vez. No tenía ventanas y por un momento se sumieron en el refugio de la oscuridad, donde alcanzaron a recuperar el aire perdido en los sollozos y suspiros previos, mientras él encendía primero una cerilla y luego las cinco velas de un candelabro. En la trémula luz amarilla de las llamas se admiraron, confundidos y torpes, con un torrente de emociones por expresar y sin poder articular ni una palabra. Rose no resistió las miradas que la traspasaban y escondió el rostro entre las manos, pero él se las apartó con la misma delicadeza empleada antes en desmenuzar los pastelillos de crema. Empezaron por darse besitos llorosos en la cara como picotones de palomas, que naturalmente derivaron hacia besos en serio. Rose había tenido encuentros tiernos, pero vacilantes y escurridizos, con algunos de sus pretendientes y un par de ellos llegaron a rozarla en la mejilla con los labios, pero jamás imaginó que fuera posible llegar a tal grado de intimidad, que una lengua de otro podía trenzarse con la suya como una culebra traviesa y la saliva ajena mojarla por fuera e invadirla por dentro. La repugnancia inicial fue vencida pronto por el impulso de su juventud y su entusiasmo por la lírica y no sólo devolvió las caricias con igual intensidad, sino que tomó la iniciativa de desprenderse del sombrero y la capita de piel de astracán gris que le cubría los hombros. De allí a dejarse desabotonar la chaquetilla y luego la blusa hubo sólo unos cuantos acomodos. La joven supo seguir paso a paso la danza de la copulación guiada por el instinto y las calientes lecturas prohibidas, que antes sustraía sigilosa de los anaqueles de su padre. Ése fue el día más memorable de su existencia y lo recordaría hasta en sus más ínfimos pormenores, adornados y exagerados, en los años venideros. Ésa sería su única fuente de experiencia y conocimiento, único motivo de inspiración para alimentar sus fantasías y crear, años más tarde, el arte literario que la haría famosa en ciertos círculos muy secretos. Ese día maravilloso sólo podía compararse en intensidad con aquel otro de marzo, dos años más tarde en Valparaíso, cuando cayó en sus brazos Eliza recién nacida, como consuelo por los hijos que no habría de tener, por los hombres que no podría amar y por el hogar que jamás formaría.

El tenor vienés resultó ser un amante refinado. Amaba y conocía a las mujeres a fondo, pero fue capaz de borrar de su memoria los amores desperdigados del pasado, la frustración de múltiples adioses, los celos, desmanes y engaños de otras relaciones, para entregarse con total inocencia a la breve pasión por Rose Sommers. Su experiencia no provenía de abrazos patéticos con putillas escuálidas; Bretzner se preciaba de no haber tenido que pagar por el placer, porque mujeres de variados pelajes, desde camareras humildes hasta soberbias condesas, se le rendían sin condiciones al oírlo cantar. Aprendió las artes del amor al mismo tiempo que aprendía las del canto. Diez años contaba cuando se enamoró de él quien habría de ser su mentora, una francesa con ojos de tigre y senos de alabastro puro, con edad suficiente para ser su madre. A su vez, ella había sido iniciada a los trece años en Francia por Donatien-Alphonse-François de Sade. Hija de un carcelero de la Bastilla, había conocido al famoso marqués en una celda inmunda, donde escribía sus perversas historias a la luz de una vela. Ella iba a observarlo a través de los barrotes por simple curiosidad de niña, sin saber que su padre se la había vendido al preso a cambio de un reloj de oro, última posesión del noble empobrecido.

Una mañana en que ella atisbaba por la mirilla, su padre se quitó el manojo de grandes llaves del cinturón, abrió la puerta y de un empujón lanzó a la chica a la celda, como quien da de comer a los leones. Qué sucedió allí, no podía recordarlo, basta saber que se quedó junto a Sade, siguiéndolo de la cárcel a la miseria peor de la libertad y aprendiendo todo lo que él podía enseñarle. Cuando en 1802 el marqués fue internado en el manicomio de Charenton, ella se quedó en la calle y sin un peso, pero poseedora de una vasta sabiduría amatoria que le sirvió para obtener un marido cincuenta y dos años mayor que ella y muy rico. El hombre se murió al poco tiempo, agotado por los excesos de su joven mujer, y ella quedó por fin libre y con dinero para hacer lo que le diera la gana. Tenía treinta y cuatro años, había sobrevivido a su brutal aprendizaje junto al marqués, la pobreza de mendrugos de pan de su juventud, el revoltijo de la Revolución Francesa, el espanto de las guerras napoleónicas y ahora tenía que soportar la represión dictatorial del Imperio. Estaba harta y su espíritu pedía tregua. Decidió buscar un lugar seguro donde pasar el resto de sus días en paz y optó por Viena. En ese período de su vida conoció a Karl Bretzner, hijo de sus vecinos, cuando éste era un niño de apenas diez años, pero ya entonces cantaba como un ruiseñor en el coro de la catedral. Gracias a ella, convertida en amiga y confidente de los Bretzner, el chiquillo no fue castrado ese año para preservar su voz de querubín, como sugirió el director del coro.

—No lo toquen y en poco tiempo será el tenor mejor pagado de Europa —pronosticó la bella. No se equivocó.

A pesar de la enorme diferencia de edad, creció entre ella y el pequeño Karl una relación inusitada. Ella admiraba la pureza de sentimientos y la dedicación a la música del niño; él había encontrado en ella a la musa que no sólo le salvó la virilidad, sino que también le enseñó a usarla. Para la época en que cambió definitivamente la voz y empezó a afeitarse, había desarrollado la proverbial habilidad de los eunucos para satisfacer a una mujer en formas no previstas por la naturaleza y la costumbre, pero con Rose Sommers no corrió riesgos. Nada de atacarla con fogosidad en un desmadre de caricias demasiado atrevidas, pues no se trataba de chocarla con trucos de serrallo, decidió, sin sospechar que en menos de tres lecciones prácticas su alumna lo aventajaría en inventiva. Era hombre cuidadoso de los detalles y conocía el poder alucinante de la palabra precisa a la hora del amor. Con la mano izquierda le soltó uno a uno los pequeños botones de madreperla en la espalda, mientras con la derecha le quitaba las horquillas del peinado, sin perder el ritmo de los besos intercalados con una letanía de halagos. Le habló de la brevedad de su talle, la blancura prístina de su piel, la redondez clásica de su cuello y hombros, que provocaban en él un incendio, una excitación incontrolable.

—Me tienes loco... No sé lo que me sucede, nunca he amado ni volveré a amar a nadie como a ti. Éste es un en-

cuentro hecho por los dioses, estamos destinados a amarnos
—murmuraba una y otra vez.

Le recitó su repertorio completo, pero lo hizo sin malicia, profundamente convencido de su propia honestidad y deslumbrado por Rose. Desató los lazos del corsé y la fue despojando de las enaguas hasta dejarla sólo con los calzones largos de batista y una camisita de nada que revelaba las fresas de los pezones. No le quitó los botines de cordobán con tacones torcidos ni las medias blancas sujetas en las rodillas con ligas bordadas. En ese punto se detuvo, acezando, con un estrépito telúrico en el pecho, convencido de que Rose Sommers era la mujer más bella del universo, un ángel, y que el corazón iba a estallarle en petardos si no se calmaba. La levantó en brazos sin esfuerzo, cruzó la habitación y la depositó de pie ante un espejo grande de marco dorado. La luz parpadeante de las velas y el vestuario teatral colgando de las paredes, en una confusión de brocados, plumas, terciopelos y encajes desteñidos, daban a la escena un aire de irrealidad.

Inerme, ebria de emociones, Rose se miró en el espejo y no reconoció a esa mujer en ropa interior, con el pelo alborotado y las mejillas en llamas, a quien un hombre también desconocido besaba en el cuello y le acariciaba los pechos a manos llenas. Esa pausa anhelante dio tiempo al tenor para recuperar el aliento y algo de la lucidez perdida en los primeros embistes. Empezó a quitarse la ropa frente al espejo, sin pudor y, hay que decirlo, se veía mucho mejor desnudo que vestido. Necesita un buen sastre, pensó Rose, quien no había visto nunca un hombre desnudo, ni siquiera a sus hermanos en la infancia, y su información provenía de las exageradas descripciones de los libros picantes y unas postales japonesas que descubrió en el equipaje de John, donde los órganos masculinos tenían proporciones francamente optimistas. La perinola rosada y tiesa que apareció ante sus ojos no la espantó, como temía Karl Bretzner, sino que le provocó una irreprimible y alegre carcajada. Eso dio el tono a lo que vino después. En vez de la solemne y más bien dolorosa ceremonia que la desfloración suele ser, ellos se deleitaron en corcoveos juguetones, se persiguieron por el aposento saltando como chiquillos por encima de los muebles, bebieron el resto de la champaña y abrieron otra botella para echársela encima en chorros espumantes, se dijeron porquerías entre risas y juramentos de amor en susurros, se mordieron y lamieron y hurgaron desaforados en la marisma sin fondo del amor recién estrenado, durante toda la tarde y hasta bien entrada la noche, sin acordarse para nada de la hora ni del resto del universo. Sólo ellos existían. El tenor vienés condujo a Rose a alturas épicas y ella, alumna aplicada, lo siguió sin vacilar y una vez en la cima echó a volar sola con un sorprendente talento natural, guiándose por indicios y preguntando lo que no lograba adivinar, deslumbrando al maestro y por último venciéndolo con su destreza improvisada y el regalo apabullante de su amor. Cuando lograron separarse y aterrizar en la realidad, el reloj marcaba las diez de la noche. El teatro estaba vacío, afuera reinaba la oscuridad y para colmo se había instalado una bruma espesa como merengue.

Comenzó entre los amantes un intercambio frenético de misivas, flores, bombones, versos copiados y pequeñas reliquias sentimentales mientras duró la temporada lírica en Londres. Se encontraban donde podían, la pasión los hizo perder de vista toda prudencia. Para ganar tiempo buscaban piezas de hotel cerca del teatro, sin importarles la posibilidad de ser reconocidos. Rose escapaba de la casa con excusas ridículas y su madre, aterrada, nada decía a Jeremy de sus sospechas, rezando para que el desenfreno de su hija fuera pasajero y desapareciera sin dejar rastro. Karl Bretzner llegaba tarde a los ensayos y de tanto desnudarse a cualquier hora cogió un resfrío y no pudo cantar en dos funciones, pero lejos de lamentarlo, aprovechó el tiempo para hacer el amor exaltado por los tiritones de la fiebre. Se presentaba a la habitación de alquiler con flores para Rose, champaña para brindar y bañarse, pasteles de crema, poemas escritos a las volandas para leer en la cama, aceites aromáticos para frotárselos por lugares hasta entonces sellados, libros eróticos que hojeaban buscando las escenas más inspiradas, plumas de avestruz para hacerse cosquillas y un sinfín de otros adminículos destinados a sus juegos. La joven sintió que se abría como una flor carnívora, emanaba perfumes de perdición para atraer al hombre como a un insecto, triturarlo, tragárselo, digerirlo y finalmente escupir sus huesitos convertidos en astillas.

La dominaba una energía insoportable, se ahogaba, no podía estar quieta ni un instante, devorada por la impaciencia. Entretanto Karl Bretzner chapoteaba en la confusión, a ratos exaltado hasta el delirio y otros exangüe, tratando de cumplir con sus obligaciones musicales, pero estaba deteriorándose a ojos vistas y los críticos, implacables, dijeron que seguro Mozart se revolcaba en el sepulcro al oír al tenor vienés ejecutar —literalmente— sus composiciones.

(De *Hija de la fortuna*)

Digamos que se llamaba Colomba. Era ella entonces una joven rubicunda, de abundantes carnes rosadas y pecosas, con luenga cabellera de ese color rojizo que el Tiziano puso de moda durante el Renacimiento y que hoy se obtiene en un frasco. Sus delicados pies de ninfa apenas sostenían las gruesas columnas de sus piernas, sus nalgas tumultuosas, los perfectos melones de sus pechos, su cuello con dos papadas sensuales y sus redondos brazos de valkiria. Como a menudo sucede en estos casos, mi rolliza amiga era vegetariana. (Por evitar la carne, esa gente se llena de carbohidratos.)

Colomba tenía un profesor de arte en la universidad que no podía despegarle la vista, locamente apasionado por su piel de leche, su cabello veneciano, sus rulos, los hoyuelos que asomaban por las mangas y otros que él imaginaba en el tormento de sus noches insomnes en el lecho matrimonial, junto a una esposa alta y seca, una de aquellas mujeres distinguidas a quienes la ropa siempre les cae bien sobre los huesos. (Las detesto.) El pobre hombre puso sus conocimientos al servicio de su obsesión y tanto le habló a Colomba de *El rapto de las sabinas* de Rubens, *El beso* de Rodin, *Los amantes* de Picasso y *La bañista* de Renoir, tantos capítulos de *El amante de lady Chatterley* le leyó en voz alta y tantas cajas de bombones puso sobre su regazo, que ella, mujer al fin, aceptó una invitación a un almuerzo campestre. ¿Puede haber algo más inocente que eso? ¡Ah! Pero el profesor no era persona capaz de dejar pasar una oportunidad como aquélla. Trazó sus planes como lo hubiera hecho Maquiavelo. Dedujo que ella no aceptaría jamás acompañarlo a un hotel en la primera cita y tal vez no habría una segunda: debía jugar sus cartas en un solo golpe magistral. Sólo contaba con una Citroneta, uno de esos automóviles de latón pintado que Francia puso al alcance de la clase media en los años sesenta, un vehículo con aspecto de cruce entre lata de galletas y silla de ruedas, donde sólo un contorsionista enano podría hacer el amor. Seducir a una persona del tamaño de Colomba en una Citroneta hubiera sido del todo imposible. El picnic ofrecía una solución romántica y práctica a la vez. Su estrategia consistía en atacar las defensas de su alumna por el lado más débil: la glotonería. Averiguó con mil pretextos y circunloquios los platos favoritos de su amada y, sin permitir que el asunto del vegetarianismo lo amilanara, llenó un primoroso canasto con golosinas afrodisíacas: dos botellas del mejor vino rosado bien frío, huevos duros, pan campesino, quiche de callampas, ensalada de apio y aguacate, alcachofas cocidas, maíz tierno asado, aromáticas frutas de la estación y toda clase de dulces. Como refuerzo, en caso de necesitar recursos extremos, llevaba una pequeña lata de caviar beluga, que le había costado el sueldo de la quincena, un frasco de castañas confitadas en almíbar y dos pitos de marihuana. Hombre meticuloso —signo Virgo— llevó también un almohadón, una manta y un repelente de insectos. En una esquina de la plaza de los Libertadores lo aguardaba Colomba, toda vestida de muselina blanca, coronada por un sombrero de paja italiana adornado con un ancho lazo de seda. De lejos parecía un velero y de cerca también. Al verla, el profesor sintió desaparecer el peso de los años, el recuerdo de su distinguida esposa y el temor a las consecuencias; nada existía en este mundo sino aquella carne deliciosa envuelta en muselina, que temblaba con cada movimiento, provocándole una lujuria salvaje cuya existencia él mismo ignoraba. Era, después de todo, un académico, un hombre de letras, un estudioso del arte, un marido, un teórico. De lujuria, hasta entonces nada sabía.

Colomba trepó a duras penas a la frágil Citroneta, que se inclinó peligrosamente y por un momento pareció que las ruedas estaban enterradas para siempre en el asfalto, pero después de unos cuantos corcoveos el noble vehículo se puso en marcha y echó a rodar en dirección a las afueras de la ciudad. Por el camino hablaron de arte y de comida, más de lo segundo que de lo primero. Y así, embelesados con la conversación y con aquel mediodía espléndido, llegaron por fin al lugar que el profesor había previamente escogido, un hermoso potrero de pasto verde junto a un riachuelo orillado de sauces llorones. Era un lugar solitario, sin otros testigos de sus amores que los pajarillos en las ramas de los sauces y una vaca distraída que masticaba flores a cierta distancia. Saltó el profesor de la Citroneta y Colomba, con cierta dificultad, descendió también. Mientras él, diligente, se afanaba estirando la manta a la sombra, acomodando la almohada y desplegando los tesoros de su canasto, su alumna se había quitado los zapatos y daba saltitos temerosos a la orilla del arroyo. Era una visión encantadora. No demoró mucho el profesor en instalar a Colomba sobre la manta, semirreclinada en el almohadón, y extender ante ella las sabrosas viandas del canasto. Escanció el vino para refrescarla y le quitó la cáscara a un huevo cocido, que luego se lo dio a morder, jugueteando con los dedos de sus pies regordetes al tiempo que recitaba: Este niñito compró un huevito, este niñito lo peló, éste le echó la sal, este niñito lo revolvió ¡y este gordito cochino se lo comió! Colomba se retorcía muerta de la risa y el profesor, envalentonado, procedió a darle una a una todas las hojas de una alcachofa y cuando se hubo comido dos completas, le suministró la quiche de callampas y luego las fresas y enseguida los higos y las uvas, sin dejar de embromarla con toquecitos por aquí y por allá y de recitarle, sudando de impaciencia, los más apasionados versos de Pablo Neruda.

A ella la cabeza le daba vueltas entre el sol, el vino, los versos y un pito de marihuana que él encendió apenas terminaron los últimos granos de caviar, ante la mirada impávida de la vaca, que se había acercado a la escena. En eso estaban cuando aparecieron las primeras hormigas, que el profesor estaba esperando con ansiedad: era el pretexto que necesitaba. Le aseguró a Colomba que detrás de las hormigas inevitablemente aparecían abejas y mosquitos, pero nada debía temer, para eso contaban con el líquido repelente. No quería, sin embargo, manchar de insecticida su precioso vestido... ¿No recordaba acaso la célebre pintura impresionista *Déjeuner sur l'herbe*, ese picnic donde las mujeres aparecían desnudas y los hombres vestidos? No, Colomba no sabía de qué le hablaba, de modo que él tuvo que describirlo en detalle, aprovechando para abrir uno a uno los botones del vestido de muselina. Resumiendo, digamos que muy pronto Colomba estaba despojada de sus velos y el sol acariciaba las líquidas colinas de su cuerpo voluptuoso. Con los dedos ella se ponía en la boca las castañas confitadas, sin preocuparse del hilo de almíbar que le corría de la barbilla a los senos, hilo que el profesor miraba desorbitado, jadeando, hasta que no pudo resistirlo por más tiempo y se lanzó sobre esa montaña de carne luminosa y palpitante, dispuesto a lamer el dulce y todo lo demás a su alcance, arrancándose la ropa a tirones, como poseído, hasta quedar también en cueros. Colomba se retorcía de cosquillas, ahogada de la risa —nunca había visto un hombrecillo tan flaco y peludo, con un pepino tan atrevido bajo el ombligo—, pero no abría las piernas, al contrario, se defendía con unos empujones coquetos que, viniendo de ella, resultaban verdaderas trompadas de elefante. Por último logró zafarse del torpe abrazo del profesor de arte y echó a correr, provocándolo y riéndose, como esas mitológicas criaturas de los bosques que siempre aparecen acompañadas por faunos. Y fauno parecía el profesor tratando de alcanzarla. Entretanto la vaca, que no era vaca sino toro, decidió que bastaba de chacota en su potrero y echó a trotar tras los enamorados, quienes al verse embestidos por ese enorme animal, salieron corriendo como almas que se lleva el diablo a buscar refugio en un bosque cercano. Habrían de pasar varias horas antes de que el toro se alejara lo suficiente como para que los desafortunados excursionistas, desnudos y temblorosos, pudieran regresar. El efecto de la marihuana, el vino, las cosquillas y la comida se había esfumado hacía muchísimo rato. Colomba, histérica, profería insultos y amenazas, mientras el profesor, aterrado y tapándose el mustio pepinillo a dos manos, intentaba inútilmente tranquilizarla con versos de Rubén Darío. Al llegar al lugar donde habían dejado el picnic, vieron que les habían robado toda la ropa y también la Citroneta. Junto al sauce llorón donde trinaban los pajarillos sólo quedaba el sombrero de paja italiana...

(De *Afrodita*)

Hortense se instaló en una habitación decorada en azul imperial, donde dormía sola, porque ni ella ni su marido tenían costumbre de hacerlo acompañados; y después de la sofocante luna de miel necesitaban su propio espacio. Sus juguetes de niña, espeluznantes muñecas con ojos de vidrio y pelo humano, adornaban su cuarto y sus perros motudos dormían sobre la cama, un mueble de dos metros de ancho, con pilares tallados, baldaquín, cojines, cortinas, flecos y pompones, más un cabezal de tela que ella misma había bordado con punto de cruz en el colegio de las ursulinas. De lo alto pendía el mismo cielo de seda con angelotes gordos que sus padres le habían regalado para la boda.

La recién casada se levantaba después del almuerzo y pasaba dos tercios de su vida en cama, desde donde manejaba los destinos ajenos. La primera noche de casados, cuando todavía estaba en la casa paterna, recibió a su marido en un déshabillé con plumitas de cisne en el escote, muy asentador, pero fatal para él, porque las plumas le produjeron un ataque incontrolable de estornudos. Tan mal comienzo no impidió que consumaran el matrimonio y Valmorain tuvo la agradable sorpresa de que su esposa respondía a sus deseos con más generosidad que la que Eugenia o Tété jamás demostraron.

Hortense era virgen, pero apenas. De alguna manera se las había arreglado para burlar la vigilancia familiar y enterarse de cosas que las solteras no sospechaban. El novio fallecido se fue a la tumba sin saber que ella se le había entregado ardorosamente en su imaginación y seguiría haciéndolo en los años siguientes en la privacidad de su cama, martirizada por el deseo insatisfecho y el amor frustrado. Sus hermanas casadas le habían facilitado información didáctica. No eran expertas, pero al menos sabían que cualquier hombre aprecia ciertas muestras de entusiasmo, aunque no demasiadas, para evitar sospechas. Hortense decidió por su cuenta que ni ella ni su marido estaban en edad de mojigatería. Sus hermanas le dijeron que la mejor manera de dominar al marido era hacerse la tonta y complacerlo en la cama. Lo primero habría de resultar mucho más difícil que lo segundo para ella, que de tonta no tenía un pelo.

Valmorain aceptó como un regalo la sensualidad de su mujer sin hacerle preguntas cuyas respuestas prefería no saber. El cuerpo contundente de Hortense, con sus curvas y hoyuelos, le recordaba el de Eugenia antes de la locura, cuando todavía rebosaba del vestido y desnuda parecía hecha de pasta de almendra: pálida, blanda, fragante, todo abundancia y dulzura. Después, la infeliz se redujo a un espantapájaros y sólo podía abrazarla si estaba embrutecido de alcohol y desesperado. En el resplandor dorado de las velas Hortense era un goce para la vista, una ninfa opulenta de las pinturas mitológicas. Sintió renacer su virilidad, que ya daba por irremisiblemente disminuida. Su esposa lo excitaba como alguna vez lo hicieron Violette Boisier en su piso de la plaza Clugny y Tété en su voluptuosa adolescencia. Le asombraba ese ardor renovado cada noche y a veces incluso al mediodía, cuando llegaba de sopetón, con las botas embarradas y la sorprendía bordando entre los almohadones de su cama, expulsaba a los perros a manotazos y se dejaba caer sobre ella con la alegría de volver a sentirse de dieciocho años. En uno de esos corcoveos se desprendió un cupido del cielo raso de la cama y le cayó en la nuca, aturdiéndolo por breves minutos. Despertó cubierto de sudor helado, porque en las brumas de la inconsciencia se le apareció su antiguo amigo Lacroix a reclamarle el tesoro que le había robado.

En la cama Hortense exhibía la mejor parte de su carácter: hacía bromas livianas, como tejer a crochet un primoroso capuchón con lacitos para el piripicho de su marido, y otras más pesadas, como asomarse en el culo una tripa de pollo y anunciar que se le estaban saliendo los intestinos. De tanto enredarse en las sábanas con iniciales de las monjas acabaron por quererse, tal como ella había previsto. Estaban hechos para la complicidad del matrimonio, porque eran esencialmente diferentes, él era temeroso, indeciso y fácil de manipular, y ella poseía la determinación implacable que a él le faltaba. Juntos moverían montañas.

(De *La isla bajo el mar*)

Magia del AMOR

Magia del amor

La línea que divide la realidad de la imaginación es muy tenue y a mi edad ya no interesa,
porque todo es subjetivo.

(De *Inés del alma mía*)

Me han acusado —y con razón— de utilizar en demasía el realismo mágico, que fue el sello característico del llamado *boom* de
la literatura latinoamericana, en las décadas de los sesenta, setenta y parte de los ochenta, pero ahora casi nadie lo usa y los
escritores jóvenes lo aborrecen. Mi problema es que para mí el
realismo mágico no es un truco literario, sino una forma de vida.
Cualquiera que me conoce puede atestiguar que me pasan cosas
raras: coincidencias, premoniciones, adivinación, espíritus que me
rondan y de vez en cuando algún fantasma distraído que aparece en el jardín. Creo que estas cosas le suceden a todo el mundo,
pero normalmente la gente vive deprisa, en el ruido y siempre
ocupada, por eso no percibe cuán fantástica es la existencia. Mi
abuela, discípula de Gourdieff, pasó la vida explorando fenóme-

169

nos paranormales y creía que existen múltiples dimensiones de la realidad, que el espacio está lleno de presencias, el tiempo es una invención humana y todo sucede simultáneamente, pasado, presente y futuro. La buena señora, que tenía reputación de extravagante, por no decir desquiciada, y sin la protección de su marido tal vez habría terminado en un manicomio, se murió mucho antes de que la ciencia, al estudiar el universo infinito y las partículas más pequeñas de la materia, empezara a darle la razón. Lo que conocemos es muy poco, apenas la punta del iceberg. ¿Qué se oculta bajo la superficie? Como mi abuela, estoy abierta a todas las posibilidades.

Los dos cuentos de Eva Luna de este capítulo no necesitan explicación, pero quisiera decir unas palabras sobre las otras dos escenas. Bernardo, el compañero de infancia del Zorro, es un joven indio mudo a causa de un trauma, quien con la fuerza del amor logra romper el hechizo por unos instantes y musitar el nombre de la amada. No es el único de mis personajes que se vuelve mudo y recupera la voz en un instante mágico, así le ocurrió a Clara en *La casa de los espíritus*. Clara está inspirada en mi abuela, que pasó nueve años sin hablar, no por incapacidad de hacerlo, sino porque no tenía ganas. «Para las tonterías que dice la gente, mejor callarse», fue su explicación cuando sacó la voz. Y respecto al sueño de Eva Luna, creo que al soñar entramos en una dimensión misteriosa donde vivimos otra vida. En muchas culturas los sueños son parte esencial de la existencia, guían, informan, conectan, profetizan, advierten y son la conexión con los espíritus y la divinidad. Para mí son muy valiosos, por eso siempre tengo papel y lápiz en la mesita de noche y anoto cualquier sueño que pueda inspirarme o darme algunas luces para resolver problemas cotidianos. Los sueños me han servido en el oficio de escribir y siempre figuran en mis libros, donde a veces los amantes se encuentran en el mismo sueño. En la breve escena seleccionada aquí, Eva Luna descubre en un sueño su amor por Rolf Carlé.

Se trabajaba de sol a sol, algunos sangrando a los árboles para quitarles gota a gota la vida, otros cocinando el líquido recogido para espesarlo y convertirlo en grandes bolas. El aire libre estaba enfermo con el olor de la goma quemada y el aire en los dormitorios comunes lo estaba con el sudor de los hombres. En ese lugar nunca pude respirar a fondo. Nos daban de comer maíz, plátano y el extraño contenido de unas latas, que jamás probé porque nada bueno para los humanos puede crecer en unos tarros. En un extremo del campamento habían instalado una choza grande donde mantenían a las mujeres. Después de dos semanas trabajando con el caucho, el capataz me entregó un trozo de papel y me mandó donde ellas. También me dio una taza de licor, que yo volqué en el suelo, porque he visto cómo esa agua destruye la prudencia. Hice la fila, con todos los demás. Yo era el último y cuando me tocó entrar en la choza, el sol ya se había puesto y comenzaba la noche, con su estrépito de sapos y loros.

Ella era de la tribu de los Ila, los de corazón dulce, de donde vienen las muchachas más delicadas. Algunos hombres viajan durante meses para acercarse a los Ila, les llevan regalos y cazan para ellos, en la esperanza de conseguir una de sus mujeres. Yo la reconocí a pesar de su aspecto de lagarto, porque mi madre también era una Ila. Estaba desnuda sobre un petate, atada por el tobillo con una cadena fija en el suelo, aletargada, como si hubiera aspirado por la nariz el «yopo» de la acacia, tenía el olor de los perros enfermos y estaba mojada por el rocío de todos los hombres que estuvieron sobre ella antes que yo. Era del tamaño de un niño de pocos años, sus huesos sonaban como piedrecitas en el río. Las mujeres Ila se quitan todos los vellos del cuerpo, hasta las pestañas, se adornan las orejas con plumas y flores, se atraviesan palos pulidos en las mejillas y la nariz, se pintan dibujos en todo el cuerpo con los colores rojo del onoto, morado de la palmera y negro del carbón. Pero ella ya no tenía nada de eso. Dejé mi machete en el suelo y la saludé como hermana, imitando algunos cantos de pájaros y el ruido de los ríos. Ella no respondió. Le golpeé con fuerza el pecho, para ver si su espíritu resonaba entre las costillas, pero no hubo eco, su alma estaba muy débil y no podía contestarme. En cuclillas a su lado le di de beber un poco de agua y le hablé en la lengua de mi madre. Ella abrió los ojos y miró largamente. Comprendí.

Antes que nada me lavé sin malgastar el agua limpia. Me eché un buen sorbo a la boca y lo lancé en chorros finos contra mis manos, que froté bien y luego empapé para limpiarme la cara. Hice lo mismo con ella, para quitarle el rocío de los hombres. Me saqué los pantalones que me había dado el capataz. De la cuerda que me rodeaba la cintura colgaban mis palos para hacer fuego, algunas puntas de flechas, mi rollo de tabaco, mi cuchillo de madera con un diente de rata en la punta y una bolsa de cuero bien firme, donde tenía un poco de curare. Puse un poco de esa pasta en la punta de mi cuchillo, me incliné sobre la mujer y con el instrumento envenenado le abrí un corte en el cuello. La vida es un regalo de los dioses. El cazador mata para alimentar a su familia, él procura no probar la carne de su presa y prefiere la que otro cazador le ofrece. A veces, por desgracia, un hombre mata a otro en la guerra, pero jamás puede hacer daño a una mujer o a un niño. Ella me miró con grandes ojos, amarillos como la miel, y me parece que intentó sonreír agradecida. Por ella yo había violado el primer tabú de los Hijos de la Luna y tendría que pagar mi vergüenza con muchos trabajos de expiación. Acerqué mi oreja a su boca y ella murmuró su nombre. Lo repetí dos veces en mi mente para estar bien seguro pero sin pronunciarlo en alta voz, porque no se debe mentar a los muertos para no perturbar su paz, y ella ya lo estaba, aunque todavía palpitara su corazón. Pronto vi que se le paralizaban los músculos del vientre, del pecho y de los miembros, perdió el aliento, cambió de color, se le escapó un suspiro y su cuerpo se murió sin luchar, como mueren las criaturas pequeñas.

De inmediato sentí que el espíritu se le salía por las narices y se introducía en mí, aferrándose a mi esternón. Todo el peso de ella cayó sobre mí y tuve que hacer un esfuerzo para ponerme de pie, me movía con torpeza, como si estuviera bajo el agua. Doblé su cuerpo en la posición del descanso último, con las rodillas tocando el mentón, la até con las cuerdas del petate, hice una pila con los restos de la paja y usé mis palos para hacer fuego. Cuando vi que la hoguera ardía segura, salí lentamente de la choza, trepé el cerco del campamento con mucha dificultad, porque ella me arrastraba hacia abajo, y me dirigí al bosque. Había alcanzado los primeros árboles cuando escuché las campanas de alarma.

Toda la primera jornada caminé sin detenerme ni un instante. Al segundo día fabriqué un arco y unas flechas y con ellos pude cazar para ella y también para mí. El guerrero que carga el peso de otra vida humana debe ayunar por diez días, así se debilita el espíritu del difunto, que finalmente se desprende y se va al territorio de las almas. Si no lo hace, el espíritu engorda con los alimentos y crece dentro del hombre hasta sofocarlo. He visto algunos de hígado bravo morir así. Pero antes de cumplir con esos requisitos yo debía conducir el espíritu de la mujer Ila hacia la vegetación más oscura, donde nunca fuera hallado. Comí muy poco, apenas lo suficiente para no matarla por segunda vez. Cada bocado en mi boca sabía a carne podrida y cada sorbo de agua era amargo, pero me obligué a tragar para nutrirnos a los dos. Durante una vuelta completa de la luna me interné selva adentro llevando el alma de la mujer, que cada día pesaba más. Hablamos mucho. La lengua de los Ila es libre y resuena bajo los árboles con un largo eco. Nosotros nos comunicamos cantando, con todo el cuerpo, con los ojos, con la cintura, los pies. Le repetí las leyendas que aprendí de mi madre y de mi padre, le conté mi pasado y ella me contó la primera parte del suyo, cuando era una muchacha alegre que jugaba con sus hermanos a revolcarse en el barro y balancearse de las ramas más altas. Por cortesía, no mencionó su último tiempo de desdichas y de humillaciones. Cacé un pájaro blanco, le arranqué las mejores plumas y le hice adornos para las orejas. Por las noches mantenía encendida una pequeña hoguera, para que ella no tuviera frío y para que los jaguares y las serpientes no molestaran su sueño. En el río la bañé con cuidado, frotándola con ceniza y flores machacadas, para quitarle los malos recuerdos.

Por fin un día llegamos al sitio preciso y ya no teníamos más pretextos para seguir andando. Allí la selva era tan densa que en algunas partes tuve que abrir paso rompiendo la vegetación con mi machete y hasta con los dientes, y debíamos hablar en voz baja, para no alterar el silencio del tiempo. Escogí un lugar cerca de un hilo de agua, levanté un techo de hojas e hice una hamaca para ella con tres trozos largos de corteza. Con mi cuchillo me afeité la cabeza y comencé mi ayuno.

Durante el tiempo que caminamos juntos la mujer y yo nos amamos tanto que ya no deseábamos separarnos, pero el hombre no es dueño de la vida, ni siquiera de la propia, de modo que tuve que cumplir con mi obligación. Por muchos días no puse nada en mi boca, sólo unos sorbos de agua. A medida que mis fuerzas se debilitaban ella se iba desprendiendo de mi abrazo, y su espíritu, cada vez más etéreo, ya no me pesaba como antes. A los cinco días ella dio sus primeros pasos por los alrededores, mientras yo dormitaba, pero no estaba lista para seguir su viaje sola y volvió a mi lado. Repitió esas excursiones en varias oportunidades, alejándose cada vez un poco más. El dolor de su partida era para mí tan terrible como una quemadura y tuve que recurrir a todo el valor aprendido de mi padre para no llamarla por su nombre en voz alta atrayéndola así de vuelta conmigo para siempre. A los doce días soñé que ella volaba como un tucán por encima de las copas de los árboles y desperté con el cuerpo muy liviano y con deseos de llorar. Ella se había ido definitivamente. Cogí mis armas y caminé muchas horas hasta llegar a un brazo del río. Me sumergí en el agua hasta la cintura, ensarté un pequeño pez con un palo afilado y me lo tragué entero, con escamas y cola. De inmediato lo vomité con un poco de sangre, como debe ser. Ya no me sentí triste. Aprendí entonces que algunas veces la muerte es más poderosa que el amor. Luego me fui a cazar para no regresar a mi aldea con las manos vacías.

(De «Walimai», *Cuentos de Eva Luna*)

La más antigua parroquiana del salón, que en medio siglo no faltó ni un sábado al Pequeño Heidelberg, era la Niña Eloísa, una dama diminuta, blanda y suave, con piel de papel de arroz y una corona de cabellos transparentes. Por tanto tiempo se ganó la vida fabricando bombones en su cocina, que el aroma del chocolate la impregnó totalmente y olía a fiesta de cumpleaños. A pesar de su edad, aún guardaba algunos gestos de la primera juventud y era capaz de pasar toda la noche dando vueltas en la pista de baile sin descalabrarse los rizos del moño ni perder el ritmo del corazón. Había llegado al país a comienzos del siglo, proveniente de una aldea al sur de Rusia, con su madre, quien entonces era de una belleza deslumbrante. Vivieron juntas fabricando chocolates, ajenas por completo a los rigores del clima, del siglo y de la soledad, sin maridos, sin familia, ni grandes sobresaltos, y sin más diversión que el Pequeño Heidelberg cada fin de semana. Desde que murió su madre, la Niña Eloísa acudía sola. Don Rupert la recibía en la puerta con gran deferencia y la acompañaba hasta su mesa, mientras la orquesta le daba la bienvenida con los primeros acordes de su vals favorito. En algunas mesas se alzaban jarras de cerveza para saludarla, porque era la persona más anciana y sin duda la más querida. Era tímida, nunca se atrevió a invitar a un hombre a bailar, pero en todos esos años no tuvo necesidad de hacerlo, porque para cualquiera constituía un privilegio tomar su mano, enlazarla por el talle con delicadeza para no descomponerle algún huesito de cristal y conducirla a la pista. Era una bailarina graciosa y tenía esa fragancia dulce capaz de devolverle a quien la oliera los mejores recuerdos de su infancia.

El Capitán se sentaba solo, siempre a la misma mesa, bebía con moderación y no demostró jamás ningún entusiasmo por el guiso afrodisíaco de doña Burgel. Seguía el ritmo de la música con un pie y cuando la Niña Eloísa estaba libre la invitaba, cuadrándosele al frente con un discreto chocar de talones y una leve inclinación. No hablaban nunca, sólo se miraban y sonreían entre los galopes, escapes y diagonales de alguna añeja danza.

Un sábado de diciembre, menos húmedo que otros, llegó al Pequeño Heidelberg un par de turistas. Esta vez no eran los disciplinados japoneses de los últimos tiempos, sino unos escandinavos altos, de piel tostada y cabellos pálidos, que se instalaron en una mesa a observar fascinados a los bailarines. Eran alegres y ruidosos, chocaban los jarros de cerveza, se reían con gusto y charlaban a gritos. Las palabras de los extranjeros alcanzaron al Capitán en su mesa y desde muy lejos, desde otro tiempo y otro paisaje, le llegó el sonido de su propia lengua, entero y fresco, como recién inventado, palabras que no había oído desde hacía varias décadas, pero que permanecían intactas en su memoria. Una expresión suavizó su rostro de viejo navegante, haciéndolo vacilar por algunos minutos entre la reserva absoluta donde se sentía cómodo y el deleite casi olvidado de abandonarse en una conversación. Por último se puso de pie y se acercó a los desconocidos. Detrás del bar, don Rupert observó al Capitán, que estaba diciendo algo a los recién llegados, ligeramente inclinado, con las manos en la espalda. Pronto los demás clientes, las mozas y los músicos se dieron cuenta de que ese hombre hablaba por primera vez desde que lo conocían y también se quedaron quietos para escucharlo mejor. Tenía una voz de bisabuelo, cascada y lenta, pero ponía una gran determinación en cada frase. Cuando terminó de sacar todo el contenido de su pecho, hubo tal silencio en el salón que doña Burgel salió de la cocina para enterarse si alguien había muerto. Por fin, después de una pausa larga, uno de los turistas se sacudió el asombro y llamó a don Rupert para decirle, en un inglés primitivo, que lo ayudara a traducir el discurso del Capitán. Los nórdicos siguieron al viejo marino hasta la mesa donde la Niña Eloísa aguardaba y don Rupert se aproximó también, quitándose por el camino el delantal, con la intuición de un acontecimiento solemne. El Capitán dijo unas palabras en su idioma, uno de los extranjeros lo interpretó en inglés y don Rupert, con las orejas rojas y el bigote tembleque, lo repitió en su español torcido.

—Niña Eloísa, pregunta El Capitán si quiere casarse con él.

La frágil anciana se quedó sentada con los ojos redondos de sorpresa y la boca oculta tras su pañuelo de batista, y todos esperaron suspendidos en un suspiro, hasta que ella logró sacar la voz.

—¿No le parece que esto es un poco precipitado? —musitó.

Sus palabras pasaron por el tabernero y los turistas y la respuesta hizo el mismo recorrido a la inversa.

—El Capitán dice que ha esperado cuarenta años para decírselo y que no podría esperar hasta que se presente de nuevo alguien que hable su idioma. Dice que por favor le conteste ahora.

—Está bien —susurró apenas la Niña Eloísa y no fue necesario traducir la respuesta, porque todos la entendieron.

Don Rupert, eufórico, levantó ambos brazos y anunció el compromiso, El Capitán besó las mejillas de su novia, los turistas estrecharon las manos de todo el mundo, los músicos batieron sus instrumentos en una algarabía de marcha triunfal y los asistentes hicieron una rueda en torno de la pareja. Las mujeres se limpiaban las lágrimas, los hombres brindaban emocionados, don Rupert se sentó ante el bar y escondió la cabeza entre los brazos, sacudido por la emoción, mientras doña Burgel y sus dos hijas destapaban botellas del mejor ron. Enseguida los músicos tocaron el vals del *Danubio Azul* y todos despejaron la pista.

El Capitán tomó de la mano a esa suave mujer que había amado sin palabras por tanto tiempo y la llevó hasta el centro del salón, donde bailaron con la gracia de dos garzas en su danza de bodas. El Capitán la sostenía con el mismo amoroso cuidado con que en su juventud atrapaba el viento en las velas de alguna nave etérea, conduciéndola por la pista como si se mecieran en el tranquilo oleaje de una bahía, mientras le decía en su idioma de ventiscas y bosques todo lo que su corazón había callado hasta ese momento. Bailando y bailando El Capitán sintió que se les iba retrocediendo la edad y en cada paso estaban más alegres y livianos. Una vuelta tras otra, los acordes de la música más vibrantes, los pies más rápidos, la cintura de ella más delgada, el peso de su pequeña mano en la suya más ligero, su presencia más incorpórea. Entonces vio que la Niña Eloísa iba tornándose de encaje, de espuma, de niebla, hasta hacerse imperceptible y por último desaparecer del todo y él se encontró girando y girando con los brazos vacíos, sin más compañía que un tenue aroma de chocolate.

El tenor le indicó a los músicos que se dispusieran a seguir tocando el mismo vals para siempre, porque comprendió que con la última nota El Capitán despertaría de su ensueño y el recuerdo de la Niña Eloísa se esfumaría definitivamente. Conmovidos, los viejos parroquianos del Pequeño Heidelberg permanecieron inmóviles en sus sillas, hasta que por fin La Mexicana, con su arrogancia transformada en caritativa ternura, se levantó y avanzó discretamente hacia las manos temblorosas del Capitán, para bailar con él.

(De «El Pequeño Heidelberg»,
Cuentos de Eva Luna)

Bernardo había galopado dos días montaña arriba a la aldea de su tribu para despedirse de Rayo en la Noche. Ella lo estaba esperando, porque el correo de los indios había repartido la noticia de su viaje con Diego de la Vega. Le tomó la mano y se lo llevó al río para preguntarle qué había más allá del mar y cuándo pensaba volver. El muchacho le hizo un burdo dibujo en el suelo con un palito, pero no pudo hacerle comprender las inmensas distancias que separaban su aldea de la España mítica, porque él mismo no lograba imaginarlas. El padre Mendoza le había mostrado un mapamundi, pero esa bola pintada no podía darle una idea de la realidad. En cuanto al regreso, le explicó con signos que no lo sabía con certeza, pero serían muchos años. «En ese caso, quiero que te lleves algo de mí como recuerdo», dijo Rayo en la Noche. Con los ojos brillantes y una mirada de milenaria sabiduría, la muchacha se despojó de los collares de semillas y plumas, de la faja roja de la cintura, de sus botas de conejo, de su túnica de piel de cabrito, y quedó desnuda en la luz dorada que se filtraba a puntitos entre las hojas de los árboles.

Bernardo sintió que la sangre se le convertía en melaza, que se ahogaba de asombro y agradecimiento, que el alma se le escapaba en suspiros. No sabía qué hacer ante esa criatura extraordinaria, tan diferente a él, tan hermosa, que se le ofrecía como el más extraordinario regalo. Rayo en la Noche le tomó una mano y la puso sobre uno de sus pechos, le tomó la otra y la puso en su cintura, luego levantó los brazos y empezó a deshacer la trenza de sus cabellos, que cayeron como una cascada de plumas de cuervo sobre sus hombros. Bernardo lanzó un sollozo y murmuró su nombre, Rayo en la Noche, la primera palabra que ella escuchaba de él. La joven recogió con un beso el sonido de su nombre y siguió besando a Bernardo y bañándole la cara con lágrimas adelantadas, porque antes de que se fuera ya estaba echándolo de menos. Horas más tarde, cuando Bernardo despertó de la dicha absoluta en que lo había sumido el amor y pudo volver a pensar, se atrevió a sugerirle a Rayo en la Noche lo impensable: que se quedaran juntos para siempre. Ella le contestó con una carcajada alegre y le hizo ver que todavía era un mocoso, tal vez el viaje le ayudaría a hacerse hombre.

(De *El Zorro*)

Soñé que hacía el amor balanceándome en un columpio. Veía mis rodillas y mis muslos entre los vuelos de encaje y tafetán de unas enaguas amarillas, subía hacia atrás suspendida en el aire y veía abajo el sexo poderoso de un hombre esperándome. El columpio se detenía un instante arriba, yo levantaba la cara al cielo, que se había vuelto púrpura, y luego descendía velozmente a enclavarme. Abrí los ojos asustada y me encontré envuelta en una niebla caliente, escuché los sonidos turbadores del río a lo lejos, el clamor de los pájaros nocturnos y las voces de los animales en la espesura. El tejido áspero del chinchorro me raspaba la espalda a través de la blusa y los mosquitos me atormentaban, pero no pude moverme para espantarlos, estaba aturdida. Volví a hundirme en un sopor pesado, empapada de transpiración, soñando esta vez que navegaba en un bote estrecho, abrazada a un amante cuyo rostro iba cubierto por una máscara de Materia Universal, que me penetraba con cada impulso de las olas, dejándome llena de magullones, tumefacta, sedienta y feliz, besos tumultuosos, presagios, el canto de aquella selva ilusoria, una muela de oro entregada en prenda de amor, un saco de granadas que estallaban sin ruido sembrando el aire de insectos fosforescentes. Me desperté sobresaltada en la penumbra de la choza y por un momento no supe dónde me hallaba ni qué significaba ese estremecimiento en mi vientre. No recibí, como otras veces, el fantasma de Riad Halabí acariciándome desde el otro lado de la memoria, sino la silueta de Rolf Carlé sentado en el suelo frente a mí, la espalda apoyada en la mochila, una pierna doblada y la otra extendida, los brazos cruzados sobre el pecho, observándome. No pude distinguir sus facciones, pero vi el brillo de sus ojos y de sus dientes al sonreírme.

—¿Qué pasa? —susurré.

—Lo mismo que a ti —replicó él, también en voz baja para no despertar a los demás.

—Creo que yo estaba soñando...

—Yo también.

(De *Eva Luna*)

Amor durable

Cuando el marido y el amante son la misma persona, tal vez se pierde buena parte de la diversión, pero hay más tiempo para ver películas. Me gustan las películas...

(De *Afrodita*)

Confieso que al organizar el material de este libro no veía la hora de llegar a este capítulo, porque el amor largo, bien vivido y sufrido, es el que más me interesa y también es el más difícil de relatar, porque carece de suspense. La pasión es muy valiosa desde el punto de vista literario y cinematográfico, ya que a todos nos excitan las peripecias de dos seres consumidos por el deseo, eso explica el éxito de la pornografía, aunque en ese caso el deseo sea fingido. En cualquier relato, incluso los cuentos de hadas, los personajes corren aventuras y vencen a los villanos para llegar al premio final: un beso (o algo más), donde todo concluye. Ese beso indica la felicidad inmutable de la pareja congelada en el tiempo y el espacio, pero en la vida real el beso es sólo el primer paso de un largo camino sembrado de obstáculos. Volvamos por un instante a Romeo y Julieta, que ya he usado de ejemplo en estas páginas: ¿qué sería de ellos si en vez de morir se hubieran casado? Romeo andaría vendiendo sonetos en las calles de Verona; Julieta, gorda y aburrida, estaría criando media docena de chiquillos y en el célebre balcón habría ropa colgada secándose al sol. Los enemigos de la pareja ya no serían los Capuletos y los Montescos, sino la rutina de la existencia. Pero tal vez esa pareja, con determinación y buena suerte, lograron preservar el encantamiento que los trastornó en la adolescencia y envejecieron juntos, amándose. Ésa sería una historia original y maravillosa, pero a Shakespeare no lo habría inspirado porque le falta sangre, veneno, daga y maldad.

No es casualidad que en la mayoría de las relaciones amorosas y encuentros sexuales de mis libros la iniciativa sea de la mujer. En mis fantasías románticas, eróticas o literarias, la sumisión femenina no cuenta para nada, es un estorbo. A pesar de los logros de la liberación femenina, las mujeres todavía invertimos más en la pareja que los hombres, luchamos por conservar el amor y cuando éste falla preferimos terminar de una vez, mientras que la mayoría de los hombres puede continuar marcando el paso en una relación mediocre con tal de no alterar sus rutinas, y si decide separarse, generalmente es porque se enamoró de otra. Creo que la durabilidad del amor depende en gran medida de la mujer, porque está biológica y culturalmente sintonizada con las emociones y la intuición, eso le da cierta ventaja en las parejas heterosexuales. El cliché de que los hombres son simples, transparentes y polígamos contiene algo de verdad, como todos los clichés, y una mujer sensata puede descifrar fácilmente la naturaleza de su compañero, manipularlo y darle buenas razones para permanecer en el nido, siempre que el tipo no sea un psicópata, claro. ¡Pido perdón por esta tremenda generalización!

L a noche era apacible. En la luz virginal se esfumaba el paisaje, se perdían los perfiles de los cerros y de los grandes eucaliptus envueltos en sombra. La choza se levantaba sobre la colina apenas visible en la suave penumbra, brotada del suelo como un fruto natural. En comparación con la mina, su interior pareció a los jóvenes tan acogedor como un nido. Se acomodaron en un rincón sobre la hierba salvaje mirando el cielo estrellado en cuya bóveda infinita brillaba una luna de leche. Irene colocó la cabeza sobre el hombro de Francisco y lloró toda su congoja. Él la rodeó con un brazo y así estuvieron mucho tiempo, horas quizá, buscando en la quietud y el silencio alivio para lo que habían descubierto, fuerzas para lo que deberían soportar. Descansaron juntos escuchando el leve rumor de las hojas de los arbustos movidas por la brisa, el grito cercano de las aves nocturnas y el sigiloso tráfico de las liebres en los pastizales.

Poco a poco se aflojó el nudo que oprimía el espíritu de Francisco. Percibió la belleza del cielo, la suavidad de la tierra, el olor intenso del campo, el roce de Irene contra su cuerpo. Adivinó sus contornos y tomó conciencia del peso de su cabeza en su brazo, la curva de su cadera contra la suya, los rizos acariciándole el cuello, la impalpable delicadeza de su blusa de seda casi tan fina como la textura de su piel. Recordó el día en que la conoció, cuando su sonrisa lo deslumbró. Desde entonces la amaba y todas las locuras que lo condujeron a esa caverna eran sólo pretextos para llegar finalmente a ese instante precioso en que la tenía para él, próxima, abandonada, vulnerable. Sintió el deseo como una oleada apremiante y poderosa. El aire se atascó en su pecho y su corazón se disparó en frenético galope. Olvidó al novio tenaz, a Beatriz Alcántara, su incierto destino y todos los obstáculos entre los dos. Irene sería suya porque así estaba escrito desde el comienzo del mundo.

Ella notó el cambio en su respiración, levantó la cara y lo miró. En la tenue claridad de la luna cada uno adivinó el amor en los ojos del otro. La tibia proximidad de Irene envolvió a Francisco como un manto misericordioso. Cerró los párpados y la atrajo buscando sus labios, abriéndolos en un beso absoluto cargado de promesas, síntesis de todas las esperanzas, largo, húmedo, cálido beso, desafío a la muerte, caricia, fuego, suspiro, lamento, sollozo de amor. Recorrió su boca, bebió su saliva, aspiró su aliento, dispuesto a prolongar aquel momento hasta el fin de sus días, sacudido por el huracán de sus sentidos, seguro de haber vivido hasta entonces nada más que para esa noche prodigiosa en la cual se hundiría para siempre en la más profunda intimidad de esa mujer. Irene miel y sombra, Irene papel de arroz, durazno, espuma, ay Irene la espiral de tus orejas, el olor de tu cuello, las palomas de tus manos, Irene, sentir este amor, esta pasión que nos quema en la misma hoguera, soñándote despierto, deseándote dormido, vida mía, mujer mía, Irene mía. No supo cuánto más le dijo ni qué susurró ella en ese murmullo sin pausa, ese manantial de palabras al oído, ese río de gemidos y sofocos de quienes hacen el amor amando.

En un destello de cordura él comprendió que no debía ceder al impulso de rodar con ella sobre la tierra quitándole la ropa con violencia y reventando sus costuras en la urgencia de su delirio. Temía que la noche fuera muy corta y la vida también para agotar ese vendaval. Con lentitud y cierta torpeza, porque le temblaban las manos, abrió uno por uno los botones de su blusa y descubrió el hueco tibio de sus axilas, la curva de sus hombros, los senos pequeños y la nuez de sus pezones, tal como los había intuido al sentir su roce en la espalda cuando viajaban en la moto, al verla inclinada sobre la mesa de diagramación, al estrecharla en el abrazo de un beso inolvidable. En la concavidad de sus palmas anidaron dos golondrinas tibias y secretas nacidas a la medida de sus manos y la piel de la joven, azul de luna, se estremeció al contacto. La levantó por la cintura, ella de pie y él arrodillado, buscó el calor oculto entre sus pechos, fragancia de madera, almendra y canela; desató las cintas de sus sandalias y aparecieron sus pies de niña, que acarició reconociéndolos, porque los había soñado inocentes y leves. Le abrió el cierre del pantalón y lo bajó revelando el terso camino de su vientre, la sombra de su ombligo, la larga línea de la espalda que recorrió con dedos fervorosos, sus muslos firmes cubiertos de una impalpable pelusa dorada. La vio desnuda contra el infinito y con los labios trazó sus caminos, cavó sus túneles, subió sus colinas, anduvo sus valles y así dibujó los mapas necesarios de su geografía. Ella se arrodilló también y al mover la cabeza bailaron los oscuros mechones sobre sus hombros, perdidos en el color de la noche. Cuando Francisco se quitó la ropa fueron como el primer hombre y la primera mujer antes del secreto original. No había espacio para otros, lejos se encontraba la fealdad del mundo o la inminencia del fin, sólo existía la luz de ese encuentro.

Irene no había amado así, ignoraba aquella entrega sin barreras, temores ni reservas, no recordaba haber sentido tanto gozo, comunicación profunda, reciprocidad. Maravillada, descubría la forma nueva y sorprendente del cuerpo de su amigo, su calor, su sabor, su aroma, lo exploraba conquistándolo palmo a palmo, sembrándolo de caricias recién inventadas. Nunca había disfrutado con tanta alegría la fiesta de los sentidos, tómame, poséeme, recíbeme, porque así, del mismo modo, te tomo, te poseo, te recibo yo. Ocultó el rostro en su pecho aspirando la tibieza de su piel, pero él la apartó levemente para mirarla. El espejo negro y brillante de sus ojos devolvió su propia imagen embellecida por el amor compartido. Paso a paso iniciaron las etapas de un rito imperecedero. Ella lo acogió y él se abandonó, sumergiéndose en sus más privados jardines, anticipándose cada uno al ritmo del otro, avanzando hacia el mismo fin. Francisco sonrió en completa dicha, porque había encontrado a la mujer perseguida en sus fantasías desde la adolescencia y buscada en cada cuerpo a lo largo de muchos años: la amiga, la hermana, la amante, la compañera. Largamente, sin apuro, en la paz de la noche habitó en ella deteniéndose en el umbral de cada sensación, saludando al placer, tomando posesión al tiempo que se entregaba. Mucho después, cuando sintió vibrar el cuerpo de ella como un delicado instrumento y un hondo suspiro salió de su boca para alimentar la suya, una formidable represa estalló en su vientre y la fuerza de ese torrente lo sacudió, inundando a Irene de aguas felices.

Permanecieron estrechamente unidos en tranquilo reposo, descubriendo el amor en plenitud, respirando y palpitando al unísono hasta que la intimidad renovó su deseo. Ella lo sintió crecer de nuevo en su interior y buscó sus labios en interminable beso. Con el cielo por testigo, arañados por los guijarros, cubiertos de polvo y hojas secas aplastadas en el desorden del amor, premiados por un inagotable ardor, una desaforada pasión, retozaron bajo la luna hasta que el alma se les fue en suspiros y sudores y murieron, por último, abrazados, con los labios juntos, soñando el mismo sueño.

(De *De amor y de sombra*)

Severo del Valle, junto a millares de otros heridos, fue conducido en barco a Chile. Mientras muchos morían gangrenados o infectados de tifus y disentería en las improvisadas ambulancias militares, él pudo recuperarse gracias a Nívea, quien apenas se enteró de lo ocurrido se puso en contacto con su tío, el ministro Vergara, y no lo dejó en paz hasta que éste hizo buscar a Severo, lo rescató de un hospital, donde era un número más entre miles de enfermos en fatídicas condiciones, y lo envió en el primer transporte disponible a Valparaíso. También extendió un permiso especial a su sobrina para que pudiera entrar al recinto militar del puerto y asignó un teniente para ayudarla. Cuando desembarcaron a Severo del Valle en una angarilla ella no lo reconoció, había perdido veinte kilos, estaba inmundo, parecía un cadáver amarillo e hirsuto, con una barba de varias semanas y los ojos despavoridos y delirantes de un loco. Nívea se sobrepuso al espanto con la misma voluntad de amazona que la sostenía en todos los demás aspectos de su vida y lo saludó con un alegre «¡hola, primo, gusto de verte!» que Severo no pudo contestar. Al verla fue tanto su alivio que se cubrió la cara con las manos para que no lo viera llorar. El teniente había dispuesto el transporte y, de acuerdo a las órdenes recibidas, condujo al herido y a Nívea directamente al palacio del ministro en Viña del Mar, donde la esposa de éste había preparado un aposento. «Dice mi marido que te quedarás aquí hasta que puedas andar, hijo», le anunció. El médico de la familia Vergara usó todos los recursos de la ciencia para sanarlo, pero cuando un mes más tarde la herida aún no cicatrizaba y Severo seguía debatiéndose en arrebatos de fiebre, Nívea comprendió que tenía el alma enferma por los horrores de la guerra y el único remedio contra tantos remordimientos era el amor, entonces decidió recurrir a medidas extremas.

—Voy a pedirles permiso a mis padres para casarme contigo —le anunció a Severo.

—Yo me estoy muriendo, Nívea —suspiró él.

—¡Siempre tienes alguna excusa, Severo! La agonía nunca ha sido impedimento para casarse.

—¿Quieres ser viuda sin haber sido esposa? No quiero que te suceda lo que me pasó con Lynn.

—No seré viuda porque no te vas a morir. ¿Podrías pedirme humildemente que me case contigo, primo? Decirme, por ejemplo, que soy la mujer de tu vida, tu ángel, tu musa o algo por el estilo. ¡Inventa algo, hombre! Dime que no puedes vivir sin mí, al menos eso es cierto, ¿no? Admito que no me hace gracia ser la única romántica en esta relación.

—Estás loca, Nívea. Ni siquiera soy un hombre entero, soy un miserable inválido.

—¿Te falta algo más que un pedazo de pierna? —preguntó ella alarmada.

—¿Te parece poco?

—Si tienes lo demás en su sitio, me parece que has perdido poco, Severo —se rió ella.

—Entonces cásate conmigo, por favor —murmuró él, con profundo alivio y un sollozo atravesado en la garganta, demasiado débil para abrazarla.

—No llores, primo, bésame; para eso no te hace falta la pierna —replicó ella inclinándose sobre la cama con el mismo gesto que él había visto muchas veces en su delirio.

Tres días más tarde se casaron en una breve ceremonia en uno de los hermosos salones de la residencia del ministro, en presencia de las dos familias. Dadas las circunstancias, fue un casamiento privado, pero sólo entre los parientes más íntimos se juntaron noventa y cuatro personas. Severo se presentó pálido y flaco, con el cabello cortado a lo Byron, las mejillas rasuradas y vestido de gala, con camisa de cuello laminado, botones de oro y corbata de seda, en una silla de ruedas. No hubo tiempo de hacer un vestido de novia ni un ajuar apropiado para Nívea, pero sus hermanas y primas le llenaron dos baúles con la ropa de casa que habían bordado durante años para sus propios ajuares. Usó un vestido de satén blanco y una tiara de perlas y diamantes, prestados por la mujer de su tío. En la fotografía de la boda aparece radiante de pie junto a la silla de su marido. Esa noche hubo una cena en familia a la cual no asistió Severo del Valle, porque las emociones del día lo habían agotado. Después que los invitados se retiraron, Nívea fue conducida por su tía a la habitación que le tenían preparada. «Lamento mucho que tu primera noche de casada sea así...», balbuceó la buena señora sonrojándose. «No se preocupe, tía, me consolaré rezando el rosario», replicó la joven. Aguardó que la casa se durmiera y cuando estuvo segura de que no había más vida que el viento salino del mar entre los árboles del jardín, Nívea se levantó en camisón, recorrió los largos pasillos de aquel palacio ajeno y entró a la pieza de Severo. La monja contratada para velar el sueño del enfermo yacía despatarrada en un sillón, profundamente dormida, pero Severo estaba despierto, esperándola. Ella se llevó un dedo a los labios para indicarle silencio, apagó las lámparas a gas y se introdujo en el lecho.

Nívea se había educado en las monjas y provenía de una familia a la antigua, donde jamás se mencionaban las funciones del cuerpo y mucho menos aquellas relacionadas con la reproducción, pero tenía veinte años, un corazón apasionado y buena memoria. Recordaba muy bien los juegos clandestinos con su primo en los rincones oscuros, la forma del cuerpo de Severo, la ansiedad del placer siempre insatisfecho, la fascinación del pecado. En esa época el pudor y la culpa los inhibían y ambos salían de los rincones prohibidos temblando, extenuados y con la piel en llamas. En los años que habían pasado separados, tuvo tiempo de repasar cada instante compartido con su primo y transformar la curiosidad de la infancia en un amor profundo. Además había aprovechado a fondo la biblioteca de su tío José Francisco Vergara, hombre de pensamiento liberal y moderno, que no aceptaba limitación alguna a su inquietud intelectual y mucho menos toleraba la censura religiosa. Mientras Nívea clasificaba los libros de ciencia, arte y guerra, descubrió por casualidad la forma de abrir un anaquel secreto y se encontró ante un conjunto nada despreciable de novelas de la lista negra de la Iglesia y textos eróticos, incluso una divertida colección de dibujos japoneses y chinos con parejas patas arriba, en posturas anatómicamente imposibles, pero capaces de inspirar al más ascético y con mayor razón a una persona tan imaginativa como ella. Sin embargo, los textos más didácticos fueron las novelas pornográficas de una tal Dama Anónima, muy mal traducidos del inglés al español, que la joven se llevó una a una ocultas en su bolso, leyó cuidadosamente y volvió a colocar con sigilo en su mismo lugar, precaución inútil, porque su tío andaba en la campaña de la guerra y nadie más en el palacio entraba a la biblioteca. Guiada por aquellos libros exploró su propio cuerpo, aprendió los rudimentos del arte más antiguo de la humanidad y se preparó para el día en que pudiera aplicar la teoría a la práctica. Sabía, por supuesto, que estaba cometiendo un pecado horrendo —el placer siempre es pecado— pero se abstuvo de discutir el tema con su confesor porque le pareció que el gusto que se daba y que se daría en el futuro bien valía el riesgo del infierno. Rezaba para que la muerte no la sorprendiera de súbito y alcanzara, antes de exhalar el último aliento, a confesarse de las horas de deleite que los libros le brindaban. Jamás se puso en el caso de que aquel solitario entrenamiento le serviría para devolver la vida al hombre que amaba y mucho menos que tendría que hacerlo a tres metros de una monja dormida.

A partir de la primera noche con Severo, Nívea se las arreglaba para llevar una taza de chocolate caliente y unas galletitas a la religiosa cuando iba a despedirse de su marido, antes de partir a su habitación. El chocolate contenía una dosis de valeriana capaz de dormir a un camello. Severo del Valle nunca imaginó que su casta prima fuera capaz de tantas y tan extraordinarias proezas. La herida de la pierna, que le producía dolores punzantes, la fiebre y la debilidad, lo limitaban a un papel pasivo, pero lo que le faltaba en fortaleza lo ponía ella en iniciativa y sabiduría. Severo no tenía la menor idea que aquellas maromas fueran posibles y estaba seguro de que no eran cristianas, pero eso no le impidió gozarlas a plenitud. Si no fuera porque conocía a Nívea desde la infancia, habría pensado que su prima se había entrenado en un serrallo turco, pero si le inquietaba la forma en que esa doncella había aprendido tan variados trucos de meretriz, tuvo la inteligencia de no preguntárselo. La siguió dócilmente en el viaje de los sentidos hasta donde le dio el cuerpo, rindiendo por el camino hasta el último resquicio del alma. Se buscaban bajo las sábanas en las formas descritas por los pornógrafos de la biblioteca del honorable ministro de la Guerra y en otras que iban inventando aguijoneados por el deseo y el amor, pero restringidos por el muñón envuelto en vendajes y por la monja roncando en su sillón. Los sorprendía el amanecer palpitando en un nudo de brazos, con las bocas unidas respirando al unísono y tan pronto se insinuaba el primer resplandor del día en la ventana, ella se deslizaba como una sombra de vuelta a su pieza. Los juegos de antes se convirtieron en verdaderas maratones de concupiscencia, se acariciaban con apetito voraz, se besaban, se lamían y se penetraban por todas partes, todo esto en la oscuridad y en el más absoluto silencio, tragándose los suspiros y mordiendo las almohadas para sofocar la alegre lujuria que los elevaba a la gloria una y otra vez durante aquellas noches demasiado breves. El reloj volaba: apenas Nívea surgía como un espíritu en la habitación para introducirse dentro de la cama de Severo y ya era la mañana. Ninguno de los dos pegaba los ojos, no podían perder ni un minuto de aquellos encuentros benditos. Al día siguiente él dormía como un recién nacido hasta el mediodía, pero ella se levantaba temprano con el aire confuso de una sonámbula y cumplía con las rutinas normales. Por las tardes Severo del Valle reposaba en su silla de ruedas en la terraza mirando la puesta del sol frente al mar, mientras su esposa se dormía bordando mantelitos a su lado. Delante de otros se comportaban como hermanos, no se tocaban y casi no se miraban, pero el ambiente a su alrededor estaba cargado de ansiedad. Pasaban el día contando las horas, aguardando con delirante vehemencia que llegara la hora de volver a abrazarse en la cama. Lo que hacían por las noches habría horrorizado al médico, a las dos familias, a la sociedad entera y ni qué decir a la monja. Entretanto los parientes y amigos comentaban la abnegación de Nívea, esa joven tan pura y tan católica condenada a un amor platónico, y la fortaleza moral de Severo, quien había perdido una pierna y arruinado su vida defendiendo a la patria. Las urdimbres de comadres propagaban el chisme de que no era sólo una pierna lo perdido en el campo de batalla, sino también los atributos viriles. Pobrecitos, musitaban entre suspiros, sin sospechar lo bien que lo pasaba aquella pareja de disipados. A la semana de anestesiar a la religiosa con chocolate y de hacer el amor como egipcios, la herida de la amputación había cicatrizado y la fiebre había desaparecido. Antes de dos meses Severo del Valle andaba con muletas y empezaba a hablar de una pierna de palo, mientras Nívea echaba las entrañas escondida en cualquiera de los veintitrés baños del palacio de su tío. Cuando no hubo más remedio que admitir ante la familia el embarazo de Nívea, la sorpresa general fue de tales proporciones que llegó a decirse que ese embarazo era un milagro. La más escandalizada fue sin duda la monja, pero Severo y Nívea siempre sospecharon que, a pesar de las dosis superlativas de valeriana, la santa mujer tuvo ocasión de aprender mucho; se hacía la dormida para no privarse del gusto de espiarlos. El único que logró imaginar cómo lo habían hecho y que celebró la pericia de la pareja a carcajada limpia fue el ministro Vergara. Cuando Severo pudo dar los primeros pasos con su pierna artificial y el vientre de Nívea fue indisimulable, los ayudó a instalarse en otra casa y le dio trabajo a Severo del Valle. «El país y el partido liberal necesitan hombres de tu audacia», dijo, aunque en honor a la verdad la audaz era Nívea.

(De *Retrato en sepia*)

Santiago ya era una ciudad de quinientos vecinos, pero las habladurías circulaban tan deprisa como en una aldea, por eso decidí no perder tiempo en remilgos. Mi corazón siguió dando brincos durante varios días después de la conversación con el clérigo. Catalina me preparó agua de cochayuyo, unas algas secas del mar, que puso a remojar por la noche. Hace treinta años que bebo ese líquido viscoso al despertar, ya me acostumbré a su repugnante sabor, y gracias a eso estoy viva. Ese domingo me vestí con mis mejores galas, te tomé de la mano, Isabel, porque vivías conmigo desde hacía meses, y crucé la plaza rumbo al solar de tu padre, Rodrigo de Quiroga, a la hora en que la gente salía de misa, para que no quedara nadie sin verme. Iban con nosotras Catalina, tapada con su manto negro y mascullando encantamientos en quechua, más efectivos que los rezos cristianos en estos casos, y Baltasar, con su trotecito de perro viejo. Un indio me abrió la puerta y me condujo a la sala, mientras mis acompañantes se quedaban en el polvoriento patio cagado por las gallinas. Eché una mirada alrededor y comprendí que había mucho trabajo por delante para convertir ese galpón militar, desnudo y feo, en un lugar habitable. Supuse que Rodrigo ni siquiera contaba con una cama decente y dormía en un camastro de soldado; con razón tú te habías adaptado tan rápido a las comodidades de mi casa. Sería necesario reemplazar esos toscos muebles de palo y suela, pintar, comprar lo necesario para vestir las paredes y el suelo, construir galerías de sombra y de sol, plantar árboles y flores, poner fuentes en el patio, reemplazar la paja del techo con tejas, en fin, tendría entretención para años. Me gustan los proyectos. Momentos después entró Rodrigo, sorprendido, porque yo nunca lo había visitado en su casa. Se había quitado el jubón dominical y vestía calzas y una camisa blanca de mangas anchas, abierta en el pecho. Me pareció muy joven y tuve la tentación de salir huyendo por donde había llegado. ¿Cuántos años menor que yo era ese hombre?

—Buen día, doña Inés. ¿Sucede algo? ¿Cómo está Isabel?

—Vengo a proponeros matrimonio, don Rodrigo. ¿Qué os parece? —le solté de un tirón, porque no era posible andar con rodeos en semejantes circunstancias.

Debo decir, en honor a Quiroga, que tomó mi propuesta con una ligereza de comedia. Se le iluminó la cara, levantó los brazos al cielo y lanzó un largo grito de indio, inesperado en un hombre de su compostura. Por supuesto que ya le había llegado el rumor de lo ocurrido en el Perú con La Gasca y de la extraña solución que se le ocurrió al gobernador; todos los capitanes lo comentaban, en especial los solteros. Tal vez él sospechaba que sería mi elegido, pero era demasiado modesto para darlo por seguro. Quise explicarle los términos del acuerdo, pero no me dejó hablar, me tomó en sus brazos con tanta urgencia, que me levantó del suelo y, sin más, me tapó la boca con la suya. Entonces me di cuenta de que yo también había esperado ese momento desde hacía casi un año. Me aferré a su camisa a dos manos y le devolví el beso con una pasión que llevaba mucho tiempo dormida o engañada, una pasión que tenía reservada para Pedro de Valdivia y que clamaba por ser vivida antes de que se me fuera la juventud. Sentí la certeza de su deseo, sus manos en mi cintura, en la nuca, en el cabello, sus labios en mi cara y cuello, su olor de hombre joven, su voz murmurando mi nombre, y me sentí plenamente dichosa. ¿Cómo pude pasar en un minuto del dolor por haber sido abandonada a la felicidad de sentirme querida? En aquellos tiempos yo debía de ser muy veleta... Me juré en ese instante que sería fiel hasta la muerte a Rodrigo, y no sólo he cumplido ese juramento al pie de la letra, además lo he amado durante treinta años, cada día más. Resultó muy fácil quererlo. Rodrigo siempre fue admirable, en eso estaba todo el mundo de acuerdo, pero los mejores hombres suelen tener graves defectos que sólo se manifiestan en la intimidad. No era el caso de ese noble hidalgo, soldado, amigo y marido. Nunca pretendió que olvidara a Pedro de Valdivia, a quien respetaba y quería, incluso me ayudó a preservar su memoria para que Chile, tan ingrato, lo honre como merece, pero se propuso enamorarme y lo consiguió.

(De *Inés del alma mía*)

Se besaron por primera vez, al principio tentativamente, luego con curiosidad y pronto con la pasión acumulada en muchos años de engañar con encuentros banales la necesidad de un amor. Leo Galupi condujo a esa novia imponderable a su dormitorio, una habitación alta, adornada con ninfas pintadas en el yeso del techo, una cama grande y cojines de tapicería antigua. A ella le daba vueltas la cabeza, un poco aturdida, y no supo si estaba mareada por el largo viaje o por las copas de vino, pero no intentó averiguarlo, se abandonó a esa languidez, sin ánimo para impresionar a Leo Galupi con su camisa de encaje negro ni con destrezas aprendidas con amantes anteriores. La atrajo su olor a hombre sano, un olor limpio, sin rastro de fragancias artificiales, un poco seco, como el del pan o la madera, y hundió la nariz en el ángulo de su cuello y su hombro, aspirándolo como un perro perdiguero tras un rastro, los aromas persistían en su memoria más que cualquier otro recuerdo y en ese momento le volvió la imagen de una noche en Saigón, cuando estaban tan cerca que registró la huella de su olor sin saber que permanecería con ella todos esos años. Comenzó a desabrocharle la camisa, pero se le trancaban los botones en los ojales demasiado estrechos y le pidió, impaciente, que se la quitara.

Una música de cuerdas le llegaba de muy lejos, trayendo la milenaria sensualidad de la India a esa habitación romana, bañada por la luna y la vaga fragancia de los jazmines del jardín. Por años había hecho el amor con muchachos vigorosos y ahora tanteaba una espalda algo encorvada y pasaba los dedos por una frente amplia y cabellos finos. Sintió una ternura complaciente por ese hombre ya maduro y por un momento intentó imaginar cuántos caminos y mujeres habría recorrido, pero de inmediato sucumbió al gusto de abrazarlo sin pensar en nada. Sintió sus manos despojándola de la blusa, la amplia falda, las sandalias, y deteniéndose vacilantes en sus pulseras. Nunca se despojaba de ellas, eran su última coraza, pero consideró que había llegado el momento de desnudarse por completo y se sentó en la cama para quitárselas una a una. Cayeron sobre la alfombra sin ruido. Leo Galupi la recorrió con besos exploratorios y manos sabias, lamió los pezones todavía firmes, el caracol de sus orejas y el interior de los muslos donde la piel palpitaba al contacto, mientras a ella el aire se le iba tornando más denso y jadeaba en el esfuerzo por respirar, una caliente urgencia se apoderaba de su vientre y ondulaba sus caderas y se le escapaba en gemidos, hasta que no pudo esperar más, lo volteó y se le subió encima como una entusiasta amazona para clavarse en él, inmovilizándolo entre sus piernas en el desorden de los almohadones. La impaciencia o la fatiga la hacían torpe, culebreaba buscándolo pero resbalaba en la humedad del placer y del sudor del verano y por último le dio risa y se desplomó aplastándolo con el regalo de sus pechos, envolviéndolo en el trastorno de su pelo revuelto y dándole instrucciones en español que él no comprendía. Quedaron así abrazados, riéndose, besándose y murmurando tonterías en un rumor de idiomas mezclados, hasta que el deseo pudo más y en una de esas vueltas de cachorros Leo Galupi se abrió paso sin prisa, firmemente, deteniéndose en cada estación del camino para esperarla y conducirla hacia los últimos jardines, donde la dejó explorar a solas hasta que ella sintió que se iba por un abismo de sombras y una explosión feliz le sacudía todo el cuerpo. Después fue el turno de él, mientras ella lo acariciaba agradecida de ese orgasmo absoluto y sin esfuerzo. Finalmente se durmieron ovillados en un enredo de piernas y brazos. En los días siguientes descubrieron que se divertían juntos, ambos dormían para el mismo lado, ninguno fumaba, les gustaban los mismos libros, películas y comidas, votaban por el mismo partido, se aburrían con los deportes y viajaban regularmente a lugares exóticos.

—No sé si sirvo para marido, Tamar —se disculpó Leo Galupi una tarde en una trattoria de la Via Veneto—. Necesito moverme con libertad, soy un vagabundo.

—Eso es lo que me gusta de ti, yo también lo soy. Pero estamos en una edad en la cual no nos vendría mal algo de tranquilidad.

—La idea me espanta.

—El amor se toma su tiempo... No tienes que contestarme de inmediato, podemos esperar hasta mañana —se rió ella.

—No es nada personal, si alguna vez decido casarme, sólo lo haré contigo, te prometo.

—Eso ya es algo.

—¿Por qué no somos amantes mejor?

—No es lo mismo. Ya no tengo edad para experimentos. Quiero un compromiso a largo plazo, dormir por las noches abrazada a un compañero permanente. ¿Crees que habría cruzado medio mundo para proponerte que fuéramos amantes? Será agradable envejecer de la mano, ya verás —replicó Carmen, rotunda.

—¡Qué horror! —exclamó Galupi, francamente pálido.

(De *El plan infinito*)

en la madurez

En la madurez

En general me quedo con el hombre de turno por un tiempo considerable. Esta tendencia a las relaciones largas no es masoquismo o falta de imaginación de mi parte, sino prudencia. Es un problema cambiar de pareja: hay que inventar nuevas estrategias para encontrarse a horas inusitadas, comprar ropa interior sexy para disimular la celulitis, hacerse cargo de las fantasías eróticas del otro y todas esas tonterías. Es un fastidio y en la mayoría de los casos, no vale la pena.

(De *Afrodita*)

Desde hace un tiempo, Willie repite a cada rato que «nos estamos deshaciendo juntos». Su intención es cariñosa, pero de tanto oírlo, se me ha ido la moral al suelo. Yo mantenía la esperanza de que él siempre me vería con ojos de enamorado y ni cuenta se daría cuando me estuviera cayendo a pedazos. En honor a la verdad, Willie y yo no nos estamos deshaciendo al mismo ritmo; modestia aparte, yo me veo mejor que él, no sólo porque me tiño el pelo, me cuido y tengo cinco años menos, sino porque he interiorizado la lección de Sofía Loren para lucir joven: buena postura y no hacer ruidos de viejos. Nada de quejarse, suspirar, crujir, carraspear, toser, escupir ni soltar gases. Se me notan los años en que ya no fantaseo con algún actor de cine reposando desnudo en una bañera llena de arroz con leche, sino con algo más realista, por ejemplo, Willie a mi lado en la cama viendo la televisión con la perra a los pies. Betty Davis dijo que envejecer no es para pusilánimes y tenía razón, porque se requiere mucha fuerza de carácter cuando falla la del cuerpo. Todo cambia al cruzar el umbral de la tercera edad, desde la familia, que empieza a desintegrarse, hasta las actividades, ideales e intereses que antes nos apasionaban y ahora nos matan de fastidio. En todo caso, deshacerse acompañada es mucho mejor que sola, y tengo la suerte de haber conseguido ese amor duradero al cual me referí en el capítulo anterior. Según mi madre, la vida de pareja es buena para la salud, porque inmuniza contra la crítica constante del conviviente, da energía, flexibilidad y músculos para pelear, enseña a dormir en las peores condiciones y a digerir los bocados más amargos, pero esa visión no concuerda con la mía. Yo diría que vivir en pareja con Willie es bueno para mi salud porque me inmuniza por igual contra la crítica negativa y el halago excesivo que recibo de otros, me da energía, flexibilidad y músculos para escribir, me ha enseñado a dormir abrazada y a digerir los platos suculentos que él me prepara.

La pareja de más larga trayectoria en mis libros es la de Esteban Trueba y Clara del Valle en *La casa de los espíritus*. Su relación es intensa, desequilibrada y violenta, pero siguen juntos porque en esa época y en esa sociedad conservadora y católica nadie se separaba. Esteban ama a su mujer posesivamente y pretende dominarla por completo para que ella no tenga más vida que con él, pero Clara, asustada por ese marido celoso y agresivo, se aleja de él y se refugia en su mundo interior. Al final, cuando Esteban es un viudo anciano, solitario, quebrado por sus propios errores y por el sufrimiento que ha causado a otros, el espíritu de Clara acude a consolarlo y entonces se reencuentran. Al seleccionar estos pasajes me dio mucha pena por ellos y por tantas otras parejas que pierden la oportunidad de amarse y de envejecer tomados de la mano.

Un día Clara hizo poner un pestillo a la puerta de su habitación y no volvió a aceptarme en su cama, excepto en aquellas ocasiones en que yo forzaba tanto la situación, que negarse habría significado una ruptura definitiva. Primero pensé que tenía alguno de esos misteriosos malestares que dan a las mujeres de vez en cuando, o bien la menopausia, pero cuando el asunto se prolongó por varias semanas, decidí hablar con ella. Me explicó con calma que nuestra relación matrimonial se había deteriorado y por eso había perdido su buena disposición para los retozos carnales. Dedujo naturalmente que si no teníamos nada que decirnos, tampoco podíamos compartir la cama, y pareció sorprendida de que yo pasara todo el día rabiando contra ella y en la noche quisiera sus caricias. Traté de hacerle ver que en ese sentido los hombres y las mujeres somos algo diferentes y que la adoraba, a pesar de todas mis mañas, pero fue inútil. En ese tiempo me mantenía más sano y más fuerte que ella, a pesar de mi accidente y de que Clara era mucho menor. Con la edad yo había adelgazado. No tenía ni un gramo de grasa en el cuerpo y guardaba la misma resistencia y fortaleza de mi juventud. Podía pasarme todo el día cabalgando, dormir tirado en cualquier parte, comer lo que fuera sin sentir la vesícula, el hígado y otros órganos internos de los cuales la gente habla constantemente. Eso sí, me dolían los huesos. En las tardes frías o en las noches húmedas el dolor de los huesos aplastados en el terremoto era tan intenso, que mordía la almohada para que no se oyeran mis gemidos. Cuando ya no podía más, me echaba un largo trago de aguardiente y dos aspirinas al gaznate, pero eso no me aliviaba. Lo extraño es que mi sensualidad se había hecho más selectiva con la edad, pero era casi tan inflamable como en mi juventud. Me gustaba mirar a las mujeres, todavía me gusta. Es un placer estético, casi espiritual. Pero sólo Clara despertaba en mí un deseo concreto e inmediato, porque en nuestra larga vida en común habíamos aprendido a conocernos y cada uno tenía en la punta de los dedos la geografía precisa del otro. Ella sabía dónde estaban mis

214

puntos más sensibles, podía decirme exactamente lo que necesitaba oír. A una edad en la que la mayoría de los hombres está hastiado de su mujer y necesita el estímulo de otras para encontrar la chispa del deseo, yo estaba convencido que sólo con Clara podía hacer el amor como en los tiempos de la luna de miel, incansablemente. No tenía la tentación de buscar a otras.

Recuerdo que empezaba a asediarla al caer la noche. En las tardes se sentaba a escribir y yo fingía saborear mi pipa, pero en realidad la estaba espiando de reojo. Apenas calculaba que iba a retirarse —porque empezaba a limpiar la pluma y cerrar los cuadernos— me adelantaba. Me iba cojeando al baño, me acicalaba, me ponía una bata de felpa episcopal que había comprado para seducirla, pero que ella nunca pareció darse cuenta de su existencia, pegaba la oreja a la puerta y la esperaba. Cuando la escuchaba avanzar por el corredor, le salía al asalto. Lo intenté todo, desde colmarla de halagos y regalos, hasta amenazarla con echar la puerta abajo y molerla a bastonazos, pero ninguna de esas alternativas resolvía el abismo que nos separaba. Supongo que era inútil que yo tratara de hacerle olvidar con mis apremios amorosos en la noche el mal humor con que la agobiaba durante el día. Clara me eludía con ese aire distraído que acabé por detestar. No puedo comprender lo que me atraía tanto de ella. Era una mujer madura, sin ninguna coquetería, que arrastraba ligeramente los pies y había perdido la alegría injustificada que la hacía tan atrayente en su juventud. Clara no era seductora ni tierna conmigo. Estoy seguro que no me amaba. No había razón para desearla en esa forma descomedida y brutal que me sumía en la desesperación y el ridículo. Pero no podía evitarlo. Sus gestos menudos, su tenue olor a ropa limpia y jabón, la luz de sus ojos, la gracia de su nuca delgada coronada por sus rizos rebeldes, todo en ella me gustaba. Su fragilidad me producía una ternura insoportable. Quería protegerla, abrazarla, hacerla reír como en los viejos tiempos, volver a dormir con ella a mi lado, su cabeza en mi hombro, las piernas recogidas debajo de las mías, tan pequeña y tibia, su mano en mi pecho, vulnerable y preciosa. A veces me hacía el propósito de castigarla con una fingida indiferencia, pero al cabo de unos días me daba por vencido, porque parecía mucho más tranquila y feliz cuando yo la ignoraba. Taladré un agujero en la pared del baño para verla desnuda, pero eso me ponía en tal estado de turbación, que preferí volver a tapiarlo con argamasa. Para herirla, hice ostentación de ir al Farolito Rojo, pero su único comentario fue que eso era mejor que forzar a las campesinas, lo cual me sorprendió, porque no imaginé que supiera de eso. En vista de su comentario, volví a intentar las violaciones, nada más que para molestarla. Pude comprobar que el tiempo y el terremoto hicieron estragos en mi virilidad y que ya no tenía fuerzas para rodear la cintura de una robusta muchacha y alzarla sobre la grupa de mi caballo, y, mucho menos, quitarle la ropa a zarpazos y penetrarla contra su voluntad.

Estaba en la edad en que se necesita ayuda y ternura para hacer el amor. Me había puesto viejo, carajo.

(De *La casa de los espíritus*)

No puedo hablar de eso. Pero intentaré escribirlo. Han pasado veinte años y durante mucho tiempo tuve un inalterable dolor. Creí que nunca podría consolarme, pero ahora, cerca de los noventa años, comprendo lo que ella quiso decir cuando nos aseguró que no tendría dificultad en comunicarse con nosotros, puesto que tenía mucha práctica en esos asuntos. Antes yo andaba como perdido, buscándola por todas partes. Cada noche, al acostarme, imaginaba que estaba conmigo, tal como era cuando tenía todos sus dientes y me amaba. Apagaba la luz, cerraba los ojos y en el silencio de mi cuarto procuraba visualizarla, la llamaba despierto y dicen que también la llamaba dormido.

La noche que murió me encerré con ella. Después de tantos años sin hablarnos, compartimos aquellas últimas horas reposando en el velero del agua mansa de la seda azul, como le gustaba llamar a su cama, y aproveché para decirle todo lo que no había podido decirle antes, todo lo que me había callado desde la noche terrible en que la golpeé. Le quité la camisa de dormir y la revisé con cuidado buscando algún rastro de enfermedad que justificara su muerte, y al no encontrarlo, supe que simplemente había cumplido su misión en esta tierra y había volado a otra dimensión donde su espíritu, libre al fin de los lastres materiales, se sentiría más a gusto. No había ninguna deformidad ni nada terrible en su muerte. La examiné largamente, porque hacía muchos años que no tenía ocasión de observarla a mi antojo y en ese tiempo mi mujer había cambiado, como nos ocurre a todos con el transcurso de la edad. Me pareció tan hermosa como siempre. Había adelgazado y creí que había crecido, que estaba más alta, pero luego comprendí que era un efecto ilusorio, producto de mi propio achicamiento. Antes me sentía como un gigante a su lado, pero al acostarme con ella en la cama, noté que éramos casi del mismo tamaño. Tenía su mata de pelo rizado y rebelde que me encantaba cuando nos casamos, suavizada por unos mechones de canas que iluminaban su rostro dormido. Estaba muy pálida, con sombras en los ojos, y noté por primera vez que tenía pequeñas arrugas muy finas en la comisura de los labios y en la frente. Parecía una niña. Estaba fría, pero era la mujer dulce de siempre y pude hablarle tranquilamente, acariciarla, dormir un rato cuando el sueño venció la pena, sin que el hecho irremediable de su muerte alterara nuestro encuentro. Nos reconciliamos por fin.

Al amanecer empecé a arreglarla, para que todos la vieran bien presentada. Le coloqué una túnica blanca que había en su armario y me sorprendió que tuviera tan poca ropa, porque yo tenía la idea de que era una mujer elegante.

Encontré unos calcetines de lana y se los puse para que no se le helaran los pies, porque era muy friolenta. Luego le cepillé el pelo con la idea de armar el moño que usaba, pero al pasar la escobilla se alborotaron sus rizos formando un marco alrededor de su cara y me pareció que así se veía más bonita. Busqué sus joyas, para ponerle alguna, pero no pude hallarlas, así es que me conformé con sacarme la alianza de oro que llevaba desde nuestro noviazgo y ponérsela en el dedo, para reemplazar la que se quitó cuando rompió conmigo. Acomodé las almohadas, estiré la cama, le puse unas gotas de agua de colonia en el cuello y luego abrí la ventana, para que entrara la mañana. Una vez que todo estuvo listo, abrí la puerta y permití que mis hijos y mi nieta se despidieran de ella. Encontraron a Clara sonriente, limpia y hermosa, como siempre estuvo. Yo me había achicado diez centímetros, me nadaban los zapatos y tenía el pelo definitivamente blanco, pero ya no lloraba.

(De *La casa de los espíritus*)

La noche en que por fin Eliza se atrevió a recorrer los ocho metros de pasillo que separaban su habitación de la de Tao Chi'en, sus vidas cambiaron por completo, como si un hachazo hubiera cortado de raíz el pasado. A partir de esa noche ardiente no hubo la menor posibilidad ni tentación de vuelta atrás, sólo el desafío de labrarse un espacio en un mundo que no toleraba la mezcla de razas. Eliza llegó descalza, en camisa de dormir, tanteando en la sombra, empujó la puerta de Tao Chi'en segura de hallarla sin llave, porque adivinaba que él la deseaba tanto como ella a él, pero a pesar de esa certeza iba asustada ante la irreparable finalidad de su decisión. Había dudado mucho en dar aquel paso, porque el *zhong-yi* era su mejor amigo, su única familia en esa tierra extraña. Temía perderlo todo al convertirse en su amante; pero ya estaba ante el umbral y la ansiedad por tocarlo pudo más que las argucias de la razón. Entró en la habitación y a la luz de una vela, que había sobre la mesa, lo vio sentado con las piernas cruzadas sobre la cama, vestido con túnica y pantalón de algodón blanco, esperándola. Eliza no alcanzó a preguntarse cuántas noches habría pasado él así, atento al ruido de sus pasos en el pasillo, porque estaba aturdida por su propia audacia, temblando de timidez y anticipación. Tao Chi'en no le dio tiempo de retroceder. Le salió al encuentro, le abrió los brazos y ella avanzó a ciegas hasta estrellarse contra su pecho, donde hundió la cara aspirando el olor tan conocido de ese hombre, un aroma salino de agua de mar, aferrada a dos manos a su túnica porque se le doblaban las rodillas, mientras un río de explicaciones le brotaba incontenible de los labios y se mezclaba con las palabras de amor en chino que murmuraba él. Sintió los brazos que la levantaban del suelo y la colocaban con suavidad sobre la cama, sintió el aliento tibio en su cuello y las manos que la sujetaban, entonces una irreprimible zozobra se apoderó de ella y empezó a tiritar, arrepentida y asustada.

Desde que muriera su esposa en Hong Kong, Tao Chi'en se había consolado de vez en cuando con abrazos precipitados de mujeres pagadas. No había hecho el amor amando desde hacía más de seis años, pero no permitió que la prisa lo encabritara. Tantas veces había recorrido el cuerpo de Eliza con el pensamiento y tan bien la conocía, que fue como andar por sus suaves hondonadas y pequeñas colinas con un mapa. Ella creía haber conocido el amor en brazos de su primer amante, pero la intimidad con Tao Chi'en puso en evidencia el tamaño de su ignorancia. La pasión que la trastornara a los dieciséis años, por la cual atravesó medio mundo y arriesgó varias veces la vida, había sido un espejismo que ahora le parecía absurdo; entonces se había enamorado del amor, conformándose con las migajas que le daba un hombre más interesado en irse que en quedarse con ella. Lo buscó durante cuatro años, convencida de que el joven idealista que conociera en Chile se había transformado en California en un bandido fantástico de nombre Joaquín Murieta. Durante ese tiempo Tao Chi'en la esperó con su proverbial sosiego, seguro de que tarde o temprano ella cruzaría el umbral que los separaba. A él le tocó acompañarla cuando exhibieron la cabeza de Joaquín Murieta para diversión de americanos y escarmiento de latinos. Creyó que Eliza no resistiría la vista de aquel repulsivo trofeo, pero ella se plantó ante el frasco donde reposaba el supuesto criminal y lo miró impasible, como si se tratara de un repollo en escabeche, hasta que estuvo bien segura de que no era el hombre a quien ella había perseguido durante años. En verdad daba igual su identidad, porque en el largo viaje siguiendo la pista de un romance imposible, Eliza había adquirido algo tan precioso como el amor: libertad. «Ya soy libre», fue todo lo que dijo ante la cabeza. Tao Chi'en entendió que por fin ella se había desembarazado del antiguo amante, que le daba lo mismo si vivía o había muerto buscando oro en los faldeos de la Sierra Nevada; en cualquier caso ya no lo buscaría más y si el hombre apareciera algún día, ella sería capaz de verlo en su verdadera dimensión. Tao Chi'en le tomó la mano y salieron de la siniestra exposición. Afuera respiraron el aire fresco y echaron a andar en paz, dispuestos a empezar otra etapa de sus vidas.

La noche en que Eliza entró a la habitación de Tao Chi'en fue muy diferente a los abrazos clandestinos y precipitados con su primer amante en Chile. Esa noche descubrió algunas de las múltiples posibilidades del placer y se inició en la profundidad de un amor que habría de ser el único para el resto de su vida. Con toda calma Tao Chi'en fue despojándola de capas de temores acumulados y recuerdos inútiles, la fue acariciando con infatigable perseverancia hasta que dejó de temblar y abrió los ojos, hasta que se relajó bajo sus dedos sabios, hasta que la sintió ondular, abrirse, iluminarse; la oyó gemir, llamarlo, rogarle;

la vio rendida y húmeda, dispuesta a entregarse y a recibirlo; hasta que ninguno de los dos supo ya dónde se encontraban, ni quiénes eran, ni dónde terminaba él y comenzaba ella. Tao Chi'en la condujo más allá del orgasmo, a una dimensión misteriosa donde el amor y la muerte son similares. Sintieron que sus espíritus se expandían, que los deseos y la memoria desaparecían, que se abandonaban en una sola inmensa claridad. Se abrazaron en ese extraordinario espacio reconociéndose, porque tal vez habían estado allí juntos en vidas anteriores y lo estarían muchas veces más en vidas futuras, como sugirió Tao Chi'en. Eran amantes eternos, buscarse y encontrarse una y otra vez era su karma, dijo emocionado; pero Eliza replicó riendo que no era nada tan solemne como el karma, sino simples ganas de fornicar, que en honor a la verdad hacía unos cuantos años que se moría de ganas de hacerlo con él y esperaba que de ahora en adelante a Tao no le fallara el entusiasmo, porque ésa sería su prioridad en la vida. Retozaron esa noche y buena parte del día siguiente, hasta que el hambre y la sed los obligaron a salir de la habitación trastabillando, ebrios y felices, sin soltarse las manos por miedo a despertar de pronto y descubrir que habían andado perdidos en una alucinación.

La pasión que los unía desde aquella noche, y que alimentaban con extraordinario cuidado, los sostuvo y protegió en los momentos inevitables de adversidad. Con el tiempo esa pasión fue acomodándose en la ternura y la risa, dejaron de explorar las doscientas veintidós maneras de hacer el amor, porque con tres o cuatro tenían suficiente y ya no era necesario sorprenderse mutuamente. Mientras más se conocían, mayor simpatía compartían...

(De *Retrato en sepia*)

Ana y Roberto Blaum envejecieron juntos, tan unidos que con los años llegaron a parecer hermanos; ambos tenían la misma expresión de benevolente sorpresa, iguales arrugas, gestos de las manos, inclinación de los hombros; los dos estaban marcados por costumbres y anhelos similares. Habían compartido cada día durante la mayor parte de sus vidas y de tanto andar de la mano y dormir abrazados podían ponerse de acuerdo para encontrarse en el mismo sueño. No se habían separado nunca desde que se conocieron, medio siglo atrás. En esa época Roberto estudiaba medicina y ya tenía la pasión que determinó su existencia de lavar al mundo y redimir al prójimo, y Ana era una de esas jóvenes virginales capaces de embellecerlo todo con su candor. Se descubrieron a través de la música. Ella era violinista de una orquesta de cámara y él, que provenía de una familia de virtuosos y le gustaba tocar el piano, no se perdía ni un concierto. Distinguió sobre el escenario a esa muchacha vestida de terciopelo negro y cuello de encaje que tocaba su instrumento con los ojos cerrados y se enamoró de ella a la distancia. Pasaron meses antes de que se atreviera a hablarle y cuando lo hizo bastaron cuatro frases para que ambos comprendieran que estaban destinados a un vínculo perfecto. La guerra los sorprendió antes que alcanzaran a casarse y, como millares de judíos alucinados por el espanto de las persecuciones, tuvieron que escapar de Europa. Se embarcaron en un puerto de Holanda, sin más equipaje que la ropa puesta, algunos libros de Roberto y el violín de Ana. El buque anduvo dos años a la deriva, sin poder atracar en ningún muelle, porque las naciones del hemisferio no quisieron aceptar su cargamento de refugiados. Después de dar vueltas por varios mares, arribó a las costas del Caribe. Para entonces tenía el casco como una coliflor de conchas y líquenes, la humedad rezumaba de su interior en un moquilleo persistente, sus máquinas se habían vuelto verdes y todos los tripulantes y pasajeros —menos Ana y Roberto defendidos de la desesperanza por la ilusión del amor— habían envejecido doscientos años. El capitán, resignado a la idea de seguir deambulando eternamente, hizo un alto con su carcasa de transatlántico en un recodo de la bahía, frente a una playa de arenas fosforescentes y esbeltas palmeras coronadas de plumas, para que los marineros descendieran en la noche a cargar agua dulce para los depósitos. Pero hasta allí no más llegaron. Al amanecer del día siguiente fue imposible echar a andar las máquinas, corroídas por el esfuerzo de moverse con una mezcla de agua salada y pólvora, a falta de combustibles mejores. A media mañana aparecieron en una lancha las autoridades del puerto más cercano, un puñado de mulatos alegres con el uniforme desabrochado y la mejor voluntad, que de acuerdo con el reglamento les ordenaron salir de sus aguas territoriales, pero al saber la triste suerte de los navegantes y el deplorable estado del buque le sugirieron al capitán que se quedaran unos días allí tomando el sol, a ver si de tanto darles rienda los inconvenientes se arreglaban solos, como casi siempre ocurre. Durante la noche todos los habitantes de esa nave desdichada descendieron en los botes, pisaron las arenas cálidas de aquel país cuyo nombre apenas podían pronunciar, y se perdieron tierra adentro en la voluptuosa vegetación, dispuestos a cortarse las barbas, despojarse de sus trapos mohosos y sacudirse los vientos oceánicos que les habían curtido el alma.

Así comenzaron Ana y Roberto Blaum sus destinos de inmigrantes, primero trabajando de obreros para subsistir y más tarde, cuando aprendieron las reglas de esa sociedad voluble, echaron raíces y él pudo terminar los estudios de medicina interrumpidos por la guerra. Se alimentaban de banana y café y vivían en una pensión humilde, en un cuarto de dimensiones escasas, cuya ventana enmarcaba un farol de la calle. Por las noches Roberto aprovechaba esa luz para estudiar y Ana para coser. Al terminar el trabajo él se sentaba a mirar las estrellas sobre los techos vecinos y ella le tocaba en su violín antiguas melodías, costumbre que conservaron como forma de cerrar el día. Años después, cuando el nombre de Blaum fue célebre, esos tiempos de pobreza se mencionaban como referencia romántica en los prólogos de los libros o en las entrevistas de los periódicos. La suerte les cambió, pero ellos mantuvieron su actitud de extrema modestia, porque no lograron borrar las huellas de los sufrimientos pasados ni pudieron librarse de la sensación de precariedad propia del exilio. Eran los dos de la misma estatura, de pupilas claras y huesos fuertes. Roberto tenía aspecto de sabio, una melena desordenada le coronaba las orejas, llevaba gruesos lentes con marcos redondos de carey, usaba siempre un traje gris, que reemplazaba por otro igual cuando Ana renunciaba a seguir zurciendo los puños, y se apoyaba en un bastón de bambú que un amigo le trajo de la India. Era un hombre de pocas palabras, preciso al hablar como en todo lo demás, pero con un delicado sentido del humor que suavizaba el peso de sus conocimientos. Sus alumnos habrían de recordarlo como el más bondadoso de los profesores. Ana poseía un temperamento alegre y confiado, era incapaz de imaginar la maldad ajena y por eso resultaba inmune a ella. Roberto reconocía que su mujer estaba dotada de un admirable sentido práctico y desde el principio delegó en ella las decisiones importantes y la administración del dinero. Ana cuidaba de su marido con mimos de madre, le cortaba el cabello y las uñas, vigilaba su salud, su comida y su sueño, estaba siempre al alcance de su llamado. Tan indispensable les resultaba a ambos la compañía del otro, que Ana renunció a su vocación musical, porque la habría obligado a viajar con frecuencia, y sólo tocaba el violín en la intimidad de la casa. Tomó la costumbre de ir con Roberto en las noches a la morgue o a la biblioteca de la universidad donde él se quedaba investigando durante largas horas. A los dos les gustaba la soledad y el silencio de los edificios cerrados. Después regresaban caminando por las calles vacías hasta el barrio de pobres donde se encontraba su casa. Con el crecimiento descontrolado de la ciudad ese sector se convirtió en un nido de traficantes, prostitutas y ladrones, donde ni los carros de la policía se atrevían a circular después de la puesta del sol, pero ellos lo cruzaban de madrugada sin ser molestados. Todo el mundo los conocía. No había dolencia ni problema que no fueran consultados con Roberto y ningún niño había crecido allí sin probar las galletas de Ana. A los extraños alguien se encargaba de explicarles desde un principio que por razones de sentimiento los viejos eran intocables. Agregaban que los Blaum constituían un orgullo para la Nación, que el Presidente en persona había condecorado a Roberto y que eran tan respetables, que ni siquiera la Guardia los molestaba cuando entraba al vecindario con sus máquinas de guerra, allanando las casas una por una.

(De «Vida interminable»,
Cuentos de Eva Luna)

A eso de la medianoche, cuando a las velas les faltaba poco para consumirse, nos quitamos la ropa y nos sumergimos en el agua caliente del jacuzzi. Willie ya no es el mismo que me atrajo a primera vista años antes. Todavía irradia fortaleza y su sonrisa no ha cambiado, pero es un hombre sufrido, con la piel demasiado blanca, la cabeza afeitada para disimular la calvicie, el azul de los ojos más pálido.

Y yo llevo marcados en la cara los duelos y pérdidas del pasado, me he encogido una pulgada y el cuerpo que reposaba en el agua es el de una mujer madura que nunca fue una beldad. Pero ninguno de los dos juzgaba o comparaba, ni siquiera recordábamos cómo éramos en la juventud: hemos alcanzado ese estado de perfecta invisibilidad que da la convivencia. Hemos dormido juntos durante tanto tiempo, que ya no tenemos capacidad para vernos. Como dos ciegos, nos tocamos, nos olemos, percibimos la presencia del otro como se siente el aire.

Willie me dijo que yo era su alma, que me había esperado y buscado durante los primeros cincuenta años de su existencia, seguro de que antes de morirse me encontraría. No es hombre que se prodigue en frases bonitas, es más bien tosco y aborrece los sentimentalismos, por eso cada palabra suya, medida, pensada, me cayó encima como gota de lluvia. Comprendí que él también había entrado en esa zona misteriosa de la más secreta entrega, él también se había desprendido de la armadura y, como yo, se abría. Le dije, en un hilo de voz, porque se me había cerrado el pecho, que también yo, sin saberlo, lo había buscado a tientas. He descrito en mis novelas el amor romántico, ese que todo lo da, sin escatimar nada, porque siempre supe que existía, aunque tal vez nunca estaría a mi alcance. El único atisbo de esa entrega sin reparos la tuve con mis hijos cuando eran muy pequeños; sólo con ellos he sentido que éramos un solo espíritu en cuerpos apenas separados. Ahora también lo siento con Willie. He amado a otros hombres pero aun en las pasiones irracionales me cuidé las espaldas. Desde que era una niña, me dispuse a velar por mí misma. En aquellos juegos en el sótano de la casa de mis abuelos, donde me crié, nunca fui la doncella rescatada por el príncipe, sino la amazona que se batía con el dragón para salvar a un pueblo. Pero ahora, le dije a Willie, sólo quería apoyar la cabeza en su hombro y rogarle que me cobijara, como se supone que hacen los hombres con las mujeres cuando las aman.

—¿Acaso no te cuido? —me preguntó, extrañado.

—Sí, Willie, tú corres con todo lo práctico, pero me refiero a algo más romántico. No sé exactamente lo que es. Supongo que quiero ser la doncella del cuento y que tú seas el príncipe que me salva. Ya me cansé de matar dragones.

—Soy el príncipe desde hace casi veinte años, pero ni cuenta te das, doncella.

—Cuando nos conocimos, acordamos que yo me las arreglaría sola.

—¿Eso dijimos?

—No con esas palabras, pero quedó entendido: seríamos compañeros. Eso de compañeros ahora me suena a guerrilla. Me gustaría probar qué se siente al ser una frágil esposa, para variar.

—¡Ajá! La escandinava del salón de baile tenía razón: el hombre guía —se rió.

Le respondí con una palmada en el pecho, me empujó y acabamos bajo el agua. Willie me conoce más que yo misma y así y todo me ama. Nos tenemos el uno al otro, es para celebrarlo.

—¡Qué cosas! —exclamó al emerger—. Yo esperándote en mi rincón, impaciente porque no venías, y tú esperando que yo te sacara a bailar. ¿Tanta terapia para esto?

—Sin terapia nunca habría admitido este anhelo de que me ampares y protejas. ¡Qué cursilada! Imagínate, Willie, esto contradice una vida de feminismo.

—No tiene nada que ver con eso. Necesitamos más intimidad, quietud, tiempo para nosotros solos. Hay demasiada pelotera en nuestras vidas. Ven conmigo a un lugar de sosiego —susurró Willie, atrayéndome.

—Un lugar de sosiego..., me gusta eso.

Con la nariz en su cuello, agradecí la suerte de haber tropezado por casualidad con el amor y que tantos años más tarde preservara intacto su brillo. Abrazados, livianos en el agua caliente, bañados por la luz color ámbar de las velas, sentí que me fundía en ese hombre con quien había andado un camino largo y abrupto, tropezando, cayendo, volviendo a levantarnos, entre peleas y reconciliaciones, pero sin traicionarnos jamás. La suma de los días, penas y alegrías compartidas, ya eran nuestro destino.

(De *La suma de los días*)

Agradecimientos

Doy las gracias a mis editores alemanes, Jürgen Dormagen y Corinna Santacruz, quienes tuvieron la idea de recopilar las escenas de amor de mis libros. Mi primera reacción al saberlo fue de pánico, porque fuera de contexto esas escenas podían parecer cursis y todas juntas podían resultar similares, pero ellos me tranquilizaron. Con la valiosa ayuda de ellos, que conocen mis libros mejor que yo, pasé muchas horas revisando textos que ya había olvidado. Fue muy estimulante.

Índice

LA ISLA BAJO EL MAR

Para ser una esclava en el Saint-Domingue de finales del siglo XVIII, Zarité había tenido buena estrella: a los nueve años fue vendida a Toulouse Valmorain, un rico terrateniente, pero no conoció ni el agotamiento de las plantaciones de caña ni la asfixia y el sufrimiento de los trapiches, porque siempre era una esclava doméstica. Su bondad natural, fortaleza de espíritu y honradez le permitieron compartir los secretos y la espiritualidad que ayudaban a sobrevivir a los suyos, los esclavos, y conocer las miserias de los amos, los blancos. Zarité se convirtió en el centro de un microcosmos que era un reflejo del mundo de la colonia: el amo Valmorain y su frágil esposa española, su sensible hijo Maurice, el sabio Parmentier, el militar Relais, la cortesana mulata Violette... y otros personajes de una cruel conflagración que acabaría arrasando su tierra y lanzándolos lejos de ella. Al ser llevada por su amo a Nueva Orleans, Zarité inició una nueva etapa en la que alcanzaría su mayor aspiración: la libertad.

Ficción

EL CUADERNO DE MAYA

"Soy Maya Vidal, diecinueve años, sexo femenino, soltera, sin un enamorado, por falta de oportunidades y no por quisquillosa, nacida en Berkeley, California, pasaporte estadounidense, temporalmente refugiada en una isla al sur del mundo. Me pusieron Maya porque a mi Nini le atrae la India y a mis padres no se les ocurrió otro nombre, aunque tuvieron nueve meses para pensarlo. En hindi, maya significa 'hechizo, ilusión, sueño'. Nada que ver con mi carácter. Atila me calzaría mejor, porque donde pongo el pie no sale más pasto".

Ficción

VINTAGE ESPAÑOL
Disponibles en su librería favorita.
www.randomhouse.com